Chinz

Das Praktikum

AF284948

Buch

Dem siebzehnjährigen Max graut vor seinem Schulpraktikum im Altenheim *Waldesruh*:

Wahrscheinlich die zwei langweiligsten und sinnlosesten
Wochen meines Lebens.

Er ahnt nicht, dass er mit dieser Prognose unter die Top Ten
der unzutreffendsten Vorhersagen aller Zeiten kommen sollte.

Autor

Chinz, 1968 in Köln geboren, wohnt heute in Varel.

Er arbeitet als Krankenpfleger, lebt als Musiker und Schriftsteller und bezeichnet sich selbst als gut gelaunten Melancho-
liker.

Bisher erschienen:

- „Alzagra", Roman
- „Die Brücke" (Kommissar Kittys erster Fall), Krimi
- „Fast zu spät" (Das Schweigen der Glascontainer), Roman
- „Ruhe sanft" (Kommissar Kittys zweiter Fall), Krimi
- „Die Besucher", Theaterstück
- „Jupp", Novelle
- „Der perfekte Kaffee", Ein Kännchen Leben
- „Das Buch der Unruhe des Hilfsmelancholikers Leon Sersoa"

Chinz

Das Praktikum

Roman

Tiff & Toff Taschenbuch 013

Die Deutsche Nationalbibliothek verzeichnet diese Publika-
tion in der Deutschen Nationalbibliografie;
detaillierte bibliografische Daten sind im Internet über
http://dnb.dnb.de
abrufbar.

© 2022 by Chinz und Tiff & Toff – Verlag
Hullenwiesenstraße 8
26316 Varel
www.TiffundToff-Verlag.de
www.Chinz.de

Herstellung und Verlag:
BoD – Books on Demand, Norderstedt
ISBN: 978-3-7568-8800-9

für Ethel,

Etelka,

mein inneres Kind

und das zauberhafte Wesen, das den vertrockneten

Rhododendron wieder zum Blühen gebracht hat.

„Es kann keinen Flug geben ohne vorangegangene Träume vom Fliegen."

Stanisław Lem

Prolog:

„Dieses Praktikum gibt euch die Chance, den Arbeitsmarkt kennenzulernen. So wird es euch später leichter fallen, euch für einen Beruf zu entscheiden. Wenn ihr Augen und Ohren offenhaltet, die gewonnenen Eindrücke und Informationen sortiert und auswertet, dann werdet ihr schnell herausfinden, ob ein Beruf zu euch passt oder nicht.

Nutzt eure Zeit sinnvoll, bietet eure Hilfe an, arbeitet mit, hinterfragt Dinge, die ihr seht und erlebt, bringt euch ein. Schon so mancher, der sich im Praktikum positiv präsentierte, hatte später gute Chancen auf einen Ausbildungsplatz in dem Betrieb.

Ergreift eure Chance, in das Berufsleben reinzuschnuppern und Erfahrungen zu sammeln. Vielleicht lernt ihr im Schulpraktikum den Beruf fürs Leben kennen."

Max war der Einzige in der Reihe, der nicht klatschte.

Er kam sich vor wie der Widerstandskämpfer Gustav Wegert, dessen Bild sie in der letzten Geschichtsstunde gesehen hatten: Alle anderen um ihn in der großen Menschenmenge zeigten den Hitlergruß, nur dieser Eine stand mit verschränkten Armen und trotziger Miene.

Wie konnte es nur Schüler geben, die nach so einem langweiligen und sinnfreien Vortrag klatschten?

Herr Mosleimer schlurfte vom Rednerpult die Treppe der Aula runter und auf seinen Platz zu.

Der könnte echt einen Rollator gebrauchen!

Max überlegte, ob sein Deutschlehrer womöglich tatsächlich in einem Altenheim lebte; steinalt und senil war er jedenfalls. Würde er ihm demnächst womöglich die Bettpfanne leeren müssen?

Wie war es bloß dazu gekommen, dass er sein Praktikum im Altenheim machen musste?

Nun gut. Er wusste sehr genau, wie es dazu gekommen war.

Die einzige Praktikumsstelle, die ihn wirklich interessiert hatte, war die in der Apotheke gewesen. Wobei er sich insgeheim im Klaren gewesen war, dass man ihn da wohl kaum mit Drogen hätte experimentieren lassen. So schlimm war die Absage also nicht gewesen. Danach hatte er gehofft, dass sich die ganze Sache durch konsequentes Ignorieren von selbst in Luft auflösen würde. Hätte doch sein können, dass bei einer Schule mit knapp tausend Schülern nicht auffällt, wenn einer zwei Wochen zuhause bleibt, weil er keinen Praktikumsplatz hat.

Stattdessen war ihm ein Platz zugewiesen worden: im Altenheim *Waldesruh*. Hätte er sich bloß doch noch beim Schlachter oder in der Pathologie beworben, da wäre wahrscheinlich mehr Leben gewesen.

Wieder wurde geklatscht. Max hatte gar nicht mitbekommen, wer vorne stand, ah, die Schulsprecherin. Erneut saß Max als einziger mit verschränkten Armen da. Ein Praktikum als Widerstandskämpfer? War da nicht neulich in der Türkei ein Protestler gewesen, der berühmt geworden war, weil er irgendwo stundenlang regungslos und schweigend gestanden hatte, bis es ihm ganz viele nachmachten? Schweigend stehen. Zwei Wochen lang, mit verschränkten Armen. Das wäre etwas für ihn. Lieber allerdings sitzen.

Herr Mosleimer bekam einen Hustenanfall. Max betrachtete voller Grauen das Bild, das sofort in seinem Kopf entstanden war: er im Altenheim, im Zimmer seines Deutschlehrers, zwischen Spucktüchern, vollen Windeln und Bettpfannen.

Jemand tippte ihn auf die Schulter:

„Kannst du den mal zu Steffi weiterreichen?"

Max war froh um die Ablenkung und reichte das kleine Briefchen weiter in die Reihe vor sich. Er schaute dabei nicht zu Steffi, sondern zu Birte neben ihr, die in einem Buch las; dem Cover nach zu urteilen wohl ein Gedichtband. Ob sich Birte über ein Briefchen von ihm freuen würde?

Vier verwegene Minuten lang versuchte Max, auf dem Rand des Informationszettels ein Gedicht zu verfassen, danach war seine Karriere als Poet fürs Erste beendet.

Er ließ die acht Zeilen zerknüllt in seiner Tasche verschwinden. Selbst wenn ihm ein Gedicht ansatzweise, gar gut gelungen wäre ... für den Widerstand gegen ein faschistisches Regime würde sein Mut schon ausreichen, aber auch, um ein selbstgemachtes Gedicht an Birte weiterreichen zu lassen?

Eher nicht.

Zum einen hatte er Angst davor, dass jemand seinen Zettel, statt ihn weiterzugeben, aufmachen und laut vorlesen könnte – das war ihm schon einmal passiert und es war monsterpeinlich gewesen – noch schlimmer wäre es zum anderen, wenn es ihm wie Wilfried ergehen würde. Er war immer gut mit Bettina befreundet gewesen, bis er sie vor zwei Wochen gefragt hatte, ob sie mit ihm gehen wolle - seither sprach sie nicht mehr mit Wilfried.

Birte und Max waren auch ein bisschen befreundet, was daran lag, dass sie einen kleinen Teil des Schulwegs gemeinsam hatten und sich dabei manchmal unterhielten, so auch heute:

„Hi Max! Wo machst du dein Praktikum?"

9

„Im Altenheim." Max legte sehr viel Leiden in seinen Satz, in der Hoffnung auf etwas Mitleid. Stattdessen zeigte sich Birte begeistert.

„Das find ich gut. Du machst wenigstens etwas wirklich Sinnvolles. In welchem Heim denn?"

„Im *Waldesruh*."

„Hey, dann sehn wir uns vielleicht mal. Ich besuch da oft meine Oma."

Max fand seinen Praktikumsplatz gar nicht mehr so schlecht.

1. Tag

„Kannst du das Frühstück zu Herrn Bömmel bringen? Und bleib gleich bei ihm, wir sind ja fast durch. Er muss unbedingt etwas trinken. Wenn er nichts isst, kein Problem, aber wenigstens einen halben Becher Kaffee. Er trinkt viel zu wenig. Sei aber vorsichtig mit ihm, er ist manchmal etwas launisch."

Schwester Gabi verschwand mit einem Frühstückstablett im Zimmer daneben.

Max ging mit dem Tablett in der Hand in das dunkle und sehr kalte Zimmer von Herrn Bömmel.

Nachdem er das Tablett auf dem Tisch abgestellt hatte, öffnete er die Vorhänge, schloss das Fenster und drehte die Heizung auf.

Vom Bett kam ein unwilliges Aufstöhnen und Herr Bömmel war unter seiner Decke verschwunden. Sehr viel anders war der morgendliche Ablauf bei Max auch nicht gewesen, nur dass bei ihm halt ein Wecker geklingelt hatte.

„Guten Morgen, Herr Bömmel! Ihr Frühstück."

Ein unverständliches Brabbeln unter der Bettdecke. Begeisterung war das jedenfalls nicht. Max hätte sich heute Morgen gefreut, wenn ihm jemand einen Kaffee ans Bett gebracht hätte.

Er wollte schon wieder gehen, ahnte aber, dass draußen nur andere Arbeit wartete. Er setzte sich in den Sessel und starrte aus dem Fenster. Endlich einen Moment allein und hier im Zimmer war wenigstens frische Luft! Der Geruch nach Urin und Schlimmerem auf dem Flur war kaum auszuhalten.

Wie hatte Herr Mosleimer gesagt? In den Beruf reinschnuppern ... Ja ne, ist klar: Würg!

Der Anfang war noch schlimmer gewesen, als Max befürchtet hatte.

Schwester Gabi hatte ihm - ohne den Umweg über eine freundliche Begrüßung - gleich am Anfang klar gemacht, dass sie genauso wenig davon hielt, dass er hier war wie er selbst. Innerhalb von zwei Wochen könne er sowieso nichts Brauchbares lernen und das Anlernen von Praktikanten sei immer deutlich mehr Arbeit, als das bisschen Arbeit, was sie einem danach abnehmen könnten.

Anschließend hatte sie einen Ordner zur Hand genommen und ein paar Verhaltens- und Hygienevorschriften runtergeleiert.

Auch die Hoffnung, dass er am Anfang einfach nur danebenstehen solle und zuschauen, hatte sich schnell zerschlagen. Unter Anlernen verstand Schwester Gabi, ihn einfach in ein Zimmer zu schicken, zu Tätigkeiten, von denen er keine Ahnung hatte, bei Menschen, die er nicht kannte.

Das Einzige, was sie ihm über die Bewohner gesagt hatte, war, dass sie alle dement waren.

Immerhin war es wohl nichts Persönliches gegen Max; die Bewohner behandelte Schwester Gabi auch so, als wären sie eine unzumutbare Belastung für sie.

Als er draußen energische Schritte hörte, stand Max schnell auf, nahm den Schnabelbecher mit dem Kaffee in die Hand, schüttete etwas in die Blumen, und stellte sich dann neben das Bett. Schwester Gabi schaute rein: „Und, trinkt er heute etwas?"

„Die erste Hälfte ist schon weg."

Max hielt den Becher in die Höhe.

„Erstaunlich. Deutlich mehr als gestern. Wo ist denn Herr Bömmel?"

„Äh. Er ... macht eine kurze Pause."

„Okay. Ich habe sonst gerade nichts für dich zu tun. Versuch noch den Rest in ihn reinzukriegen, vielleicht sogar noch den Rest aus dem Kännchen, dann braucht er heute Abend keine Infusion."

Max stand etwas ratlos neben dem Bett.

„Herr Bömmel?"

Keine Reaktion.

„Möchten Sie vielleicht etwas Kaffee?"

Die Decke bewegte sich leicht.

„Hat genau die richtige Temperatur."

Zuerst befreiten sich Herr Bömmels Füße langsam aus der Decke und dann mit einem plötzlichen Schwung saß auf einmal der ganze alte Mann auf der Bettkante, die Bettdecke fiel auf den Boden und Max machte vor Schreck einen kleinen Satz nach hinten.

„Wow! Sowas schaff *ich* erst nach dem Kaffee."

Herr Bömmel streckte seine Hand aus und Max reichte ihm den Schnabelbecher. Der alte Mann drehte den Becher ein paar Mal in der Hand hin und her, schaffte es aber nicht, die Öffnung so nach vorne zu bekommen, dass er trinken konnte. Max trat näher zu ihm und drehte den Becher in die richtige Position. Herr Bömmel nickte dankbar und setzte den Becher an den Mund.

Das ging doch besser als ...

Bevor Max den Gedanken zu Ende denken konnte, wurde er mit wohltemperiertem Kaffee geduscht. Herr Bömmel prustete einen großen Schluck kraft- und geräuschvoll aus und wäre Max danach nicht spontan zur Seite gesprungen, hätte ihn womöglich auch noch der Schnabelbecher getroffen, der nun an der gegenüberliegenden Wand landete.

13

Herr Bömmel saß auf der Bettkante, spuckte auf den Boden und auf seine Bettdecke und dann fing er an laut zu fluchen und um Hilfe zu rufen.

Max stand tropfend und leicht geschockt vor dem Fenster und starrte Herrn Bömmel an, der inzwischen schluchzend auf der Bettkante saß, als Schwester Gabi zur Tür reinschaute.

„Och nö. Nicht schon wieder! Herr Bömmel, Sie sind wirklich ein Schwein!"

Max war erleichtert, dass sie nicht mit ihm schimpfte und eigentlich war er auch sauer auf Herrn Bömmel, aber das erschien ihm jetzt doch etwas hart.

„Wenn Sie hier alles zerstören wollen, müssen wir Sie wohl wieder festbinden! Max, kannst du Herrn Bömmel mal mit festhalten?"

Zusammen banden sie Herrn Bömmel mit einem Bauchgurt am Bett fest. Max hatte hinterher zwei blaue Flecken und Schwester Gabi einen Kratzer im Gesicht.

Weitere Schläge bekam Max an diesem Tag nicht mehr. Die wären allerdings nicht so schlimm gewesen wie der allgegenwertige Gestank. Der intensive Geruch nach Ausscheidungen war die passende Untermalung für völlig spaßfreie Aufgaben wie Essenswagen hin und her fahren, Küche aufräumen, Tee kochen, Wäsche falten - Beruf fürs Leben kennenlernen halt.

Dauernd wurde er von irgendwelchen alten Menschen angesprochen, die er entweder akustisch oder inhaltlich nicht verstand und die ihn auch nicht verstanden. Das ging ihm bei seinen Lehrern zwar ähnlich, aber in der Schule roch es wenigstens nur auf dem Jungenklo so ekelhaft.

Apropos Klo - Max ging mal wieder auf die Toilette. Nicht dass er musste, aber hier hatte er wenigstens seine Ruhe und erstaunlicherweise war hier weniger Gestank nach Scheiße und Urin als auf den Fluren und in den Zimmern.

Draußen hörte er Patientenklingeln und Husten und immer wieder Frau Wussow „Hallo!" und „Hilfe!" rufen. Die Klospülung übertönte immer nur für wenige Sekunden.

Am besten wäre, ein paar Spiele auf dem Stationscomputer zu installieren, aber Schwester Gabi saß fast die ganze Zeit am Schreibtisch, was auch die andere Idee, wie doch noch etwas Spannendes aus diesem Einsatz werden könnte – mal den Medikamentenschrank durchstöbern – erschwerte.

So unsympathisch Schwester Gabi war, letztlich waren sie sich ähnlich: Max saß auf dem Klo und tat so, als müsste er etwas machen und sie saß am Schreibtisch und tat so, als würde sie etwas machen.

Max rauschte ab und täuschte wenig gekonnt Interesse vor.

Er fuhr Bewohner in Rollstühlen hin und her, sortierte Wäsche in Schränke, brachte alte Wäsche zur Wäscherei und blieb immer wieder irgendwo stehen, wenn er gerade nicht beachtet wurde, und starrte aus dem Fenster.

Noch neun solche Tage! Vielleicht sollte er, wie der alte Mann vorhin, die Treppe runterfallen und sich ein Bein brechen?

Der Gedanke ging in die richtige Richtung. Max hoffte aber auf eine schmerzärmere Lösung.

Schwester Gabi – war sie womöglich eine Tochter von Herrn Mosleimer? - ermunterte ihn immer wieder, sich mit den Bewohnern zu unterhalten. Er könne sicherlich einiges von den lebenserfahrenen Menschen lernen.

„Geh doch mal zu Frau Röber. Die erzählt gerne und hat so viel erlebt."

Max setzte sich ohne rechte Begeisterung neben die alte Dame in den Gruppenraum. Immerhin musste er mal keine schmutzige Arbeit machen und wirklich zuhören brauchte er auch nicht. Schon wieder wie Schule.

„Hallo, Frau Röber. Wie geht es Ihnen? Schwester Gabi hat gesagt, Sie können mir spannende Geschichten von früher erzählen?"

„Oh ja. Ich habe in Anklam ein freiwilliges bäuerliches Pflichtjahr gemacht damals, im Krieg, für fünf Mark im Monat. Wissen Sie, ich war ja mit der Tochter vom Bauern befreundet und da machte man einfach viel zusammen auf den Feldern und da dachte ich ..."

„War das denn nun freiwillig oder Pflicht?", fragte Max irritiert, aber ohne wirkliches Interesse.

„Ja genau. Ein freiwilliges bäuerliches Pflichtjahr, für fünf Monate, ich habe dann aber zwölf Monate gemacht und habe mir die sechzig Euro am Ende mit einem Mal auszahlen lassen."

„Die sechzig Mark?"

„Ja. Die sechzig Euro habe ich ..."

„Aber damals gab es doch noch keinen Euro."

„Bitte?"

Das erste Mal schaute sie irritiert, wirkte auf einmal sehr zerbrechlich. Max nahm sich vor, nicht weiter nachzufragen. Es herrschte Stille, angespannte Stille und Frau Röber sah ihn traurig an.

Na gut!

„Also. Und was haben Sie mit den sechzig Euro gemacht?"

„Sechzig Mark, du Dummerchen. Damals gab es doch noch keinen Euro."

Frau Röber strahlte wieder und erzählte ausschweifend und ohne weitere Zwischenfrage. Max hatte hinterher das Gefühl, alle Details über das Leben in Vorpommern in der Zeit von 1948 bis 1952 zu kennen.

Immerhin wusste er nun, warum alte Menschen dazu neigten, dement zu werden. Was sie zu erinnern hatten, war entweder gruselig oder sterbenslangweilig.

Das Mittagessen stellte er Herrn Bömmel nur hin, ohne ein Wort zu sagen, und verschwand wieder schnell aus dem Zimmer. Als er es dreißig Minuten später abräumte, war nichts angerührt.

„Und ..., wie war's?"

Sein Vater sah ihn kurz lächelnd an und dann direkt wieder zum Fernseher, so dass er Max' Grimasse und seine angedeutete Kotzbewegung nicht sehen konnte.

„Gaaaaanz toll. Ich freue mich schon riiiiesig auf morgen."

„Das freut mich. Schön. Wow! Ja, schieß! Aaaah ... verdammt!"

Max ging in die Küche.

„Und, wie war's? Besser als Schule?" Auch seine Mutter sah ihn mit fröhlichem Gesicht an. Ganz falsch! Alle waren fröhlich. Sogar der Nachbar hatte eben fröhlich winkend gegrüßt. Die haben doch alle keine Ahnung!

„Der Tag hat meine negativen Erwartungen in vollem Umfang und sogar noch weit darüber hinaus erfüllt."

„Das tut mir leid. Willst du etwas essen? Vielleicht hebt das deine Laune. Ich habe Möhreneintopf gemacht, der ..."

„Nein, Danke! Ich habe heute schon Gekotztes gesehen!"

Max stapfte nach oben und knallte die Zimmertür hinter sich zu. Er wusste, dass seine Mutter nun nicht mehr fröhlich aussah. Endlich.

Es wäre viel ehrlicher, wenn sie nicht immer so tun würde, als wäre da irgendein Grund fröhlich zu sein. Sie war verheiratet, aber allein; ihr Sohn aufmüpfig, der Hund tot, ihre Schwiegermutter sprach nicht mehr mit ihr, das Geld reichte vorne und hinten nicht, das Wetter war seit Jahren scheiße - wieso grinste sie immer wieder fröhlich? Das war doch reine Provokation!

Max stolperte über mehrere leere Flaschen und trat in eine fast leere Pizzapackung, bevor er bei seinem Schreibtisch ankam und den Computer starten konnte. Am liebsten hätte er sich, wie sein Vater, mit einem kalten Bier vor die Glotze gesetzt, aber Alkoholkonsum wurde offiziell nicht geduldet. Mutter und Vater wussten zwar genau, dass er auf seinem Zimmer trank, hätten das aber nie zugegeben. Alles war heil und in Ordnung. Glückliche Familie mit glücklichem Kind gelang in der Außendarstellung meistens gut. Es gab tolle Fotos von ihnen dreien.

Etwas Gutes hatte der Praktikumstag dann aber doch gebracht: Schon lange hatte ihm *Counter-Strike* nicht mehr so viel Spaß gemacht. Nach leichten Änderungen in der Konfiguration schoss er die nächste Stunde lang abwechselnd alte Menschen (mit und ohne Rollator) und Pflegekräfte ab und fühlte sich dabei wieder – auch wenn sein Geschichtslehrer das anders sehen würde – zunehmend als ein Widerstandskämpfer; diesmal gegen ein altes, krankes und stinkendes System.

Nach der dritten erfolgreichen vollständigen Eliminierung des *Waldesruh* fiel ihm Birtes Oma ein. Die vorher schon reduzierte Aggressivität war wie weggeblasen und er startete eine ähnliche, aber völlig andere Mission:

Wie bisher stürmte er als Einzelkämpfer das *Waldesruh*, aber diesmal, um die vom Pflegepersonal als Geiseln gehaltenen Bewohner zu befreien.

Gut, er konnte nicht alle retten. Herr Bömmel und Frau Röber gehörten zu den Kollateralschäden, aber Birtes Oma konnte er jedes Mal befreien und deren Enkelin war ihm danach immer wohltuend dankbar.

Nach dem Abendessen setzte sich Max an den Schreibtisch, um Notizen für seine Praktikumsmappe aufzuschreiben.

Sinn würde diese Praktikumsmappe nur machen, wenn er Geruchsproben dazu heften könnte: volle Windeln, Stecklaken mit Erbrochenem und dieser allgegenwertige süßliche Gestank nach Alter. All das hatte er noch sehr deutlich in der Nase. Es war kaum zu ertragen.

Sie sollten eine Pro/Contra-Liste für diesen Beruf anlegen. Die Spalte mit Contra war zum Bersten voll, allerdings nur in seinem Kopf. Er setzte mehrmals an, stockte aber immer wieder, weil ihm für diese Gerüche und diese subtile Atmosphäre von einsetzender Verwesung bei noch atmenden und gehenden Menschen die Worte fehlten. Genaugenommen hatte er Worte, aber wenn er die benutzte, wäre die ganze Arbeit umsonst. Dann gäbe es nicht nur eine 6, sondern auch schon wieder einen intimen Elternabend mit den drei Ms: Mosleimer, Mutter, Max. Sein Vater hatte die Schule noch nicht von innen gesehen, soweit Max sich erinnern konnte.

Wie konnte man diesen Ekel einigermaßen höflich in Worte fassen, wie diese deutlichen Sätze, die die Realität drastisch, aber passend beschrieben, in diese wattebauschweichporentiefreine, realitätsferne Traumweltsprache der Lehrerwelt übersetzen? Dafür müsste es ein Wörterbuch geben!

19

Vielleicht könnte er eine Übersetzungs-APP entwickeln: *Realität <-> Teacher.dict.cc*

Eine Stunde lang arbeitete Max tatsächlich konzentriert, zwar nicht an seinem Praktikumsbericht, der heute Abend seine Jungfräulichkeit nicht verlieren würde, aber an seiner APP, mit der er so schnell so reich werden würde, dass er sich aussuchen können würde, ob er die Schule abbrechen oder kaufen wollte. Aber allein für den Namen der APP brauchte er eine halbe Stunde und war nicht wirklich zufrieden und auch bei den Sätzen hatte er gerade mal fünf Beispiele fertig und war weder mit der Deftigkeit der Realität noch der Realitätsferne der Lehrerversionen zufrieden.

Er würde im Unterricht mitschreiben müssen. So einen realitätsfernen Mist, wie die erzählen und diese gestelzte Sprache dabei, das konnte sich doch kein normaler Mensch ausdenken!

Aber wirklich in Herrn Mosleimers Unterricht aufpassen? Nein! So weit würde er sich für den schnöden Mammon nicht erniedrigen. Er war schließlich ein Widerstandskämpfer!

Stolz auf sich und diesen Entschluss stand Max vom Schreibtisch auf, mit einem zufriedenen Lächeln, als habe er tatsächlich irgendetwas geschafft.

2. Tag

„Guten Morgen Herr Bömmel!", sagte Max laut, während er in das Zimmer ging. Als die Tür zu und er allein mit dem alten Mann war, musste er nicht mehr so fröhlich tun.

„Heute mal ein etwas inventarverträglicherer Kaffee für Sie." Max stellte den leeren Schnabelbecher auf den Nachttisch und goss sich selbst den Kaffee in eine normale Tasse ein.

Max konnte den Kaffee wirklich gebrauchen. Im Gegensatz zu Herrn Bömmel würde er ihn zu würdigen wissen. Die letzte Nacht war arg kurz gewesen. Herr Bömmel starrte ihn vom Bett aus mürrisch an, aber auch für ihn würde es besser sein, wenn er keinen Kaffee bekam und ihm damit heute vielleicht der Bauchgurt erspart bliebe.

Max hob seine Tasse und prostete ihm zu:

„Ich zeig Ihnen mal, wie man Kaffee trinkt. Ist nicht schwer. Man nimmt den Kaffee in den Mund, so ...“

Beinahe hätte Max auch quer durch das Zimmer geprustet. Der Kaffee war unglaublich süß!

Max lief zum Waschbecken, spuckte aus und spülte sich den Mund um.

Wie konnte irgendjemand so etwas trinken? Kein Wunder, dass Herr Bömmel Alzheimer hatte, wenn er immer so eine klebrige Brühe trank! Vielleicht sollte er mal eine Studie darüber machen, ob Menschen mit Zucker im Kaffee eher an Demenz erkranken als die, die ihn trinken, wie es sich gehört: fast schwarz, nur etwas Milch. Wenn er bedachte, wie viel Geld für unsinnige Studien aller Art ausgegeben wurde, und wie viel Geld er für sinnvolle Sachen gebrauchen könnte - zum Beispiel für eine eigene Grasplantage.

Auch dieser Kaffee wurde für Gras verwendet. Max öffnete das Fenster und schüttete ihn in hohem Bogen auf den Rasen vor dem Haus. Da Frau Wussows Geschrei jetzt noch lauter zu hören war, schloss er das Fenster schnell wieder.

Gestern war schon schlimm gewesen, heute schien noch grausamer zu werden. Max hatte Kopfschmerzen und ihm war schlecht; nicht erst seit dem Zucker mit Kaffee. Er hatte gestern Abend zu lange Computer gespielt und dabei zu viel gegessen und noch mehr zu viel getrunken. Hätte seine Mutter ihn nicht irgendwann geweckt, hätte er wahrscheinlich bis Mittag verschlafen. So war er nur eine Stunde zu spät auf dem Wohnbereich angekommen, dafür ungewaschen, ohne Deo, mit schmutziger Jeans und unrasiert. Er hatte die vage Hoffnung gehabt, dass Schwester Gabi ihn angeekelt wieder nach Hause schicken würde, stattdessen hatte es einen Riesenanschiss von ihr gegeben, und: er müsse eine Stunde länger bleiben.

Der Gestank war bereits gestern kaum auszuhalten gewesen, aber nach dem Abend, mit dem Kopf und instabilen Magen? Das war Endgame.

Gestern hatte er schon mit dem Gedanken gespielt, fünf Yes-Tortys direkt hintereinander zu essen. Das hatte in der Schule schon mehrmals funktioniert. Ihm war danach immer derart schlecht gewesen, dass Lehrer ihn nach Hause geschickt hatten, weil er so blass bis grün im Gesicht aussah. Doch heute brauchte er keinen zusätzlichen Süßkram. Ihm war mindestens so schlecht wie von zehn Yes-Tortys, aber niemand beachtete sein blasses Gesicht. Schwester Gabi drückte ihm stattdessen eine pralle Mülltüte mit den besten benutzten Windeln der 80er, der 90er und von heute in die Hand.

„Hier! Bring mal in den Fäkalienraum!"

„Wie heißt das Zauberwort?", hörte Max die Stimme seiner Mutter in sich. Doch er schüttelte den Kopf. Es wäre auch nicht besser gewesen, wenn Schwester Gabi *Bitte* gesagt hätte. Es gibt Menschen, da hört sich *Bitte* so nach „Ich muss das sagen, du kleiner Scheißer, weil ich so erzogen wurde, weil es so von mir erwartet wird, aber du weißt ja, was Bitte eigentlich bedeutet: Mach hinne, du nutzlose Belastung der Gesellschaft!"

Nachdem er mit den Ausscheidungen der anderen fertig war, setzte sich Max selbst auf Toilette und schimpfte vor sich hin, ohne den Mund zu öffnen, weil er sich nicht sicher war, ob dann außer Schimpfwörtern nicht auch fermentierte Chips rauskämen.

Es dauerte keine Minute und er war tief und fest eingeschlafen.

Nach einer halben Stunde rief Frau Wussow direkt vor der Toilettentür laut um Hilfe und Max wäre vor Schreck beinah von der Kloschüssel gefallen.

Als er rausging, hatten sich schon einige Bewohnerinnen um Frau Wussow versammelt und fragten, was los sei, ohne eine inhaltlich schlüssige Antwort zu erhalten. Sie sah sie jeweils nur kurz verzweifelt an und rief dann weiter um Hilfe.

Frau Röber kam hinzu, sah sich das Schauspiel kurz an und rief dann auch laut um Hilfe. Max versuchte, die beiden zu beruhigen, was aber nicht gelang, stattdessen stimmten zwei weitere Frauen auch noch in den Hilfeschrei-Song ein und Max entschloss sich, schnell zu gehen, bevor jemand kam und ihn für die Ursache des Chaos' hielt.

Zu spät. Schwester Gabi kam um die Ecke und wutschnaubend auf Max zu.

Der Hilfeschrei-Chor schien sie nicht sonderlich zu beeindrucken, sie drehte sich kurz zu ihnen und schrie mit beeindruckender Raumstimme: „Ruhe jetzt! Alle auf die Zimmer!"

Es trat tatsächlich Ruhe ein und alle bis auf Frau Röber, die Schwester Gabi und Max interessiert betrachtete, gingen weg. Schwester Gabi stellte sich unangenehm nah vor Max hin und blaffte ihn an:

„Wo hast du dich versteckt? Ich suche dich schon über eine Stunde! Wenn du glaubst, dass du dich vor der Arbeit drücken kannst, hast du dich getäuscht! Also: du bleibst noch eine Stunde länger hier!"

„Was?"

Max war kurz in Versuchung, ihr vor die Füße zu kotzen, das hätte heute wahrscheinlich tatsächlich mal spontan funktioniert, aber er wusste, dass er das dann selbst wegputzen müsste und dabei müsste er sich dann wahrscheinlich sofort wieder übergeben und er würde den Rest des Lebens in einer ewigen Schleife von Kotzen und Säubern verbringen.

Durfte Schwester Gabi das eigentlich? Ihm einfach willkürlich so viel Stunden aufbrummen, wie sie wollte. Wieso lernte man in der Schule nicht die wichtigen Sachen? Jura wäre viel sinnvoller und lebensnaher als Physik.

Schwester Gabi sah ihn mit bösartig zufriedenem Grinsen an, hinter ihr stand Frau Röber und lächelte ihm fröhlich zu. Das war die Rettung.

„Ich habe mich nicht vor der Arbeit gedrückt. Sie haben doch gesagt, ich könnte so viel von den Alten lernen, da habe ich mir von Frau Röber aus ihrer Jugend erzählen lassen."

Schwester Gabi sah ihn und Frau Röber misstrauisch an.

„War dieser Praktikant hier eben bei Ihnen?"

„Ja", sagte Frau Röber fröhlich.

Schwester Gabi war nicht überzeugt und Max stellte sich zu Frau Röber.

„Wissen Sie noch? Sie haben mir grade von Ihrem freiwilligen bäuerlichen Pflichtjahr erzählt."

„Ja, natürlich." Frau Röber strahlte und drehte sich zu Schwester Gabi. „Wissen Sie. Ich habe in Anklam ein freiwilliges bäuerliches Pflichtjahr gemacht, damals, im Krieg, für fünf Mark im Monat. Die Tochter des Bauern ..."

„Ja, ja. Schon gut. Also keine weitere Stunde. Aber jetzt wird hier wieder richtig gearbeitet und nicht nur rumgesessen. Komm mit, wir müssen noch einige Bewohner lagern."

Nicht nur Schwester Gabi war unerträglich.

Beim Lagern wurde er dauernd von den Bewohnern angequatscht. All diese Greise, die er kaum verstand und deren Gerede, wenn er sie verstand, selten einen Sinn ergab und die ihn fast nie verstanden, jedenfalls nicht, wenn er sie nicht anschrie und wenn er dann schrie, war es auch wieder nicht recht. Das war doch alles völlig sinnlos.

Nicht nur, was er hörte, war sinnlos, auch alles, was er machen sollte:

Wozu eine Halbtote noch mühsam hin und herdrehen im Bett, nur damit eine Falte im Laken verschwand? Als wenn die es noch mitbekommen würde, wenn sie auf einer Falte lag. Als wenn die jemand besuchen und das sehen würde.

Sollen doch alle froh sein, dass sie liegen können! Ich würde alles dafür geben, jetzt auch im Bett zu liegen, selbst wenn das Laken fünfzig Falten hätte.

Frau Richmann zum Beispiel war so dermaßen senil, dass sie gar nicht mehr sprach und nur noch lag. Wozu sie wecken, nur um ihr Bett glatt zu ziehen? Schwester Gabis mit Fachwissen fundiert begründete Antwort auf diese Frage: „Das machen wir halt so."

Und jetzt sollte er dieser nicht wirklich noch lebenden Person auch noch eine Suppe anreichen, die Max von Geruch und Aussehen an seinen immer noch rumorenden Mageninhalt erinnerte.

Und wieder, schon wieder, ein freundliches Lächeln, auch in diesem Gesicht? Warum? Was hatte sie denn, weswegen sie noch fröhlich hätte sein können?!

„Ich weiß schon, warum Sie mich so fröhlich ansehen." Nicht nur die Übelkeit hatte in der letzten Stunde mit Schwester Gabi immer mehr zugenommen, mehr noch die Aggression und diese erbrach sich nun:

„Sie sind zufrieden mit sich. Weil sie das Einzige, was sie noch können, so toll hinbekommen: Arbeit machen. Völlig sinnfreie Arbeit machen. Haben sie etwas von der Falte bemerkt? Nö, ne? Bemerken Sie überhaupt etwas? Nö, ne? Sie liegen den ganzen Tag gemütlich im Bett. Wissen Sie, wann ich aufstehen musste? Dagegen ist ja Schule noch spaßig! Da sind wenigstens junge Frauen, die ihr Leben noch vor sich haben. Wozu leben Sie eigentlich noch? Um in die Windel zu kacken, sich füttern zu lassen und dabei alles vollzusabbern? Alles, was sie dieser Welt noch geben, ist Gestank und ätzende Arbeit. Zeitverschwendung. Sie sind eine lebende Zeitverschwendung! Wissen Sie, was ich alles Sinnvolles machen könnte, statt Ihnen hier die Suppe anzureichen?"

Max starrte eine Weile aus dem Fenster.

Ja ..., was denn? Irgendwas Sinnvolles in seinem Leben? Er überlegte eine Weile ernsthaft und war dann stocksauer auf Frau Richmann und ließ den Löffel in die Suppe fallen.

„Sie ... Sie ...!" Es fiel ihm kein ausreichend eklig passendes Wort ein. Er schimpfte sonst eher mit Gleichaltrigen.

Frau Richmann streckte einen Arm nach ihm aus und warf dabei den Suppenteller auf den Boden.

„Scheiße! Sie machen nur Ärger! Und Schmutz! Und ..."

Am liebsten hätte Max sie geschlagen, gegen das Bett getreten, ihr die Suppe in das lächelnde Gesicht geschüttet! Aber er hatte ja so schon ein furchtbar schlechtes Gewissen. Warum denn eigentlich? Es stimmte doch alles, was er gesagt hatte. Sollte man nicht immer die Wahrheit sagen? Das war doch die Wahrheit. Was wollten bloß immer alle von ihm? Konnten ihn nicht einfach alle in Ruhe lassen?

Dieses ganze „Sei nett zu andern", dieses „Was du nicht willst, was man dir tu ...", all dieser Mist! All diese Scheiße!

Apropos Scheiße - das roch doch wie ...

Max war den ganzen Vormittag wieder sehr oft auf Toilette gewesen, sogar ernsthaft, weil er mehrmals gedacht hatte, er müsse sich übergeben.

Nach dem Vorfall bei Frau Richmann war es dann wirklich so weit gewesen.

Nachdem er sich richtig ausgekotzt hatte, ging es ihm etwas besser und er hatte das erste Mal heute Hunger. Das Mittagessen von Herrn Bömmel schmeckte geradeso leidlich, der Nachtisch aber war exzellent.

Max aß mehr als die Hälfte der Mahlzeit und wurde beim Abräumen von der Pflegehelferin Brunhilde zum persönlichen Betreuer von Herr Bömmel befördert. „Du scheinst echt ein Händchen für ihn zu haben. Bei mir hat er noch nie so viel gegessen und getrunken."

Alles hier war genau wie in der Schule. Die besten Noten gab es meist für gekonntes Fuschen. Und auch wie in der Schule: keinerlei Sinn für Humor.

Vorhin hatte er zu Brunhilde gesagt:

„Schmutzige Wäsche in den Pflegeraum bringen? Wozu? Einfach auf den Boden schmeißen reicht. Mache ich zuhause auch. Ist am nächsten Tag weg, ganz von allein!"

Brunhilde hatte ihn nur entsetzt angesehen und er ihr frustriert nachgesehen, als diese die Wäsche selbst in den Pflegeraum brachte.

Sie hatte es nicht lustig gefunden. Er bisher schon. Seufzte seine Mutter womöglich auch jedes Mal mit so enttäuschten, resignierten Augen, wenn sie die Wäsche von seinem Boden auflas? War es kein liebenswertes Spiel zur Freude beider?

Kurzzeitig war Max motiviert, seine Klamotten demnächst selbst in den Wäschekorb zu räumen, verwarf den Gedanken dann aber doch wieder schnell. Nachher dachten die Eltern noch, dass dieses Scheißpraktikum wirklich etwas Positives bewirkt hatte!

Es gab nichts Sinnvolles mehr für ihn zu tun, aber Schwester Gabi bestand darauf, dass Max die Stunde länger blieb. Er sah eine Weile den Fischen im Aquarium zu und kam sich ähnlich eingeengt und eingesperrt vor. Die meisten Fische schwammen sinnlos hektisch hin und her. Ein Fisch lag leblos neben einem Stein. Wie schlafen Fische? War der tot? Oder nur einfach auf dem gleichen Motivationslevel wie Max?

Machen Fische Pipi? Und schwimmen dann hinterher drin rum? Er sollte sich die Frage zuhause aufschreiben. Die Biologielehrerin bewertete noch die dümmsten Fragen als mündliche Mitarbeit. Obwohl das jetzt ausnahmsweise mal Eine war, deren Antwort Max tatsächlich interessierte. Warum? Keine Ahnung. Vielleicht für den Fall einer Wahlmöglichkeit bei einer kommenden Wiedergeburt?

Max ging noch ein letztes Mal zur Toilette, zeigte seinem Spiegelbild den Stinkefinger und ließ Richtung Tür einen grandios lauten und langen Rülpser los, weil er glaubte, dahinter Schwester Gabi gehört zu haben.

Doch statt deren lautem Schimpfen vernahm Max Birtes besorgte Stimme:

„Mein Gott! Was war das? Meinst du, da braucht jemand Hilfe?"

„Nein. Der war richtig gut! So ein herausragendes Bölken habe ich schon lange nicht mehr gehört. Dein Großvater konnte das auch so laut und inbrünstig. Wir waren mal in einem feinen Restaurant, das Essen war mäßig, die Bedienungen unfreundlich und dann kam eine lokale Berühmtheit und sie waren auf einmal scheißfreundlich und das Fleisch bei ihm sah frisch und lecker aus und da hat Horst einen fast zehn Sekunden langen imposanten Rülpser losgelassen, dass die Scheiben zitterten und der Promifrau vor Schreck die Gabel auf den Boden fiel. Das Hausverbot haben wir uns schriftlich geben lassen, eingerahmt und im Esszimmer aufgehängt."

Birte lachte laut und inbrünstig.

Die beiden schienen noch eine Weile draußen stehen zu bleiben, um auf den Künstler zu warten, aber Max traute sich nicht raus. Er konnte sich nicht vorstellen, dass Birte das wirklich cool fand, schon gar nicht, wenn sie ihn in seinen zerrissenen, uncoolen und inzwischen noch schmutzigeren Klamotten sehen würde, die höchstwahrscheinlich laut und inbrünstig nach Kotze rochen.

Wäre es doch wirklich Schwester Gabi vor der Tür gewesen! Dann hätte sie ihm ein Hausverbot im Waldesruh aussprechen können. Das Praktikum wäre vorbei. Ärgerlich konnte das Hausverbot ja frühestens in sechzig Jahren werden.

Die Schmutzigkeit seiner Klamotten erreichte auf dem Rückweg seinen Höhepunkt, nachdem er zweimal die abgesprungene Kette wieder aufziehen musste.

Er kam zwei Stunden später als geplant nach Hause.

„Es wäre schon nett, wenn du mir Bescheid sagst, wenn du hinterher noch einen Trinken gehst. Du weißt schon, dass ich mir Sorgen mache, insbesondere weil ..."

„Du brauchst die Geschichte nicht ständig zu wiederholen! Ich weiß sehr gut, was mit Onkel Alfred passiert ist! Ich war nicht ... Ach, leckt mich doch! Gute Idee. Ich gehe einen Trinken. Einen gibt es auch in Mehrzahl. Aber mach dir keine Sorgen, vor Mitternacht bin ich wieder da. Die machen leider in der Woche schon um elf zu."

Max nahm seine Praktikumsmappe mit in die Kneipe, aber auch da fiel ihm nicht viel ein.

Was hatte er heute gemacht?

Meine größte Leistung war sicherlich, mich nur einmal zu übergeben, und ich habe mich einigermaßen erfolgreich vor der meisten Arbeit gedrückt.

Nein, von dem, was er in Wirklichkeit gemacht hatte, konnte er nichts aufschreiben, insbesondere wenn er an Frau Richmann dachte. Er würde sich etwas ausdenken. Das konnte er aber später noch machen. Ich bin gerade so gut in Schwung mit vor der Arbeit drücken, vielleicht kann ich das ja wirklich im Praktikum lernen: vor der Arbeit drücken perfektionieren. Widerstandskämpfer gegen Arbeit.

Vielleicht werde ich dabei so erfolgreich wie mein Vater, der sich seit Jahren vor jeglicher Arbeit im Tanzstudio und im Haushalt drückt und dabei keinerlei schlechtes Gewissen zu haben scheint; im Gegensatz zu meiner Mutter, die die Arbeit macht und trotzdem immer ein schlechtes Gewissen hat, wenn nicht alles perfekt ist.

Max fand die Lebensweise seines Vaters zwar unsympathisch, aber trotzdem irgendwie erstrebenswert. Er bräuchte halt bloß auch so eine naive, willensschwache Frau wie seine Mutter und würde keine Kinder bekommen (das stand fest!), dann würde es niemandem auffallen. Als Zukunftsplanung erschien ihm das durchaus verlockend und erfolgversprechend. Allerdings verliebte er sich dummerweise bisher immer in selbstbewusste Mädchen mit viel eigenem Willen und anstrengenden Vorstellungen von Arbeitsteilung in einer Partnerschaft.

Max sah sich in der Kneipe um, ob er sich hier neu verlieben könnte – das mit Birte würde höchstwahrscheinlich doch nur ein Traum bleiben. An ihr hatten sich schon deutlich coolere Jungs die Zähne ausgebissen, hatte er gehört.

Frustriert beobachtete er zweimal, wie ein cooler großer Junge, ein cooles hübsches Mädchen ansprach und dann neben ihr Platz nahm. Irgendwann legte er seine Hand auf ihr Bein, flüsterte ihr etwas ins Ohr und später verschwanden sie zusammen aus der Lokalität, in die sie getrennt gekommen waren.

Es musste irgendetwas zwischen den beiden einzigen ehrlichen Sätzen, die ihm einfielen - „Das Leben ist scheiße!" und „Ich will mit dir schlafen." - geben, das Aussicht auf Erfolg hatte.

Obwohl ... bei der älteren Dame neben ihm wäre einer der Sätze wahrscheinlich ausreichend, ihre Intention war deutlich und die Verzweiflung groß, aber bei den Mädels in seinem Alter ...

Max sah sich noch einmal um. Junge Menschen, fröhlich und gegeneinander aufgeschlossen. Er selbst kam sich heute eher vor, wie der grauhaarige dicke Mann auf der anderen Seite der Theke. Uralt, gescheitert, aussichtslos.

Es gelang ihm mühsam, sich selbst schönzutrinken. Mit leicht gesteigertem Selbstbewusstsein und entsprechender Ausstrahlung wurde er gegen Ende tatsächlich zweimal von hübschen jungen Mädels angesprochen, doch da er nur noch lallend antworten konnte und bei der zweiten sogar sein Bierglas vor Aufregung umschmiss, waren die Gespräche eher kurz und ohne körperlichen Mehrwert. Danach sprach ihn keiner mehr an.

Doch! Der alte Mann von gegenüber setzte sich neben ihn und begann ein gerüttelt Maß an Weltfrust bei ihm abzuladen. Max zahlte.

Als er zuhause ankam und das Gartentor hinter sich schloss, sah er eine Sternschnuppe.

Guter Scherz.

Was bin ich doch wieder ein Glückspilz! Was ich mir wünsche? Ich weiß gar nicht, wo ich anfangen soll. Es müsste nichts Tolles sein, nicht mal etwas Gutes. Ein bisschen weniger von unerträglich wäre schon eine grandiose Verbesserung.

„Ach, mach doch einfach, was du willst", rief Max Richtung Sternenhimmel, schloss die Haustür auf und verschwand auf seinem Zimmer, leise vor sich hin grummelnd: „Ich bin kein heiliger König, aber die Zeichen des Himmels kann ich wohl deuten: Ich bin ihm schnuppe."

3. Tag

Max schlug mit viel wutbedingtem Schwung auf seinen Wecker, verfehlte dabei die Schlummertaste und nun lag der Wecker beleidigt und laut piepend auf dem Boden. Fuck!

Wenn das so weiter ging, würde er sich nach dem Praktikum womöglich tatsächlich auf die Schule freuen, dem deutlich kleineren Übel. Da konnte er eine Viertelstunde länger schlafen, es stank nicht nach Windelinhalten und die meiste Zeit konnte er vor sich hinträumen. Vielleicht war das der tiefere Sinn des Praktikums: Den Schülern zeigen, dass es *noch* Schlimmeres gibt als die Schule.

Max quälte sich aus dem Bett. Dass er dabei auf den Wecker trat und diesen nicht nur zum Schweigen, sondern zum endgültigen Verstummen brachte ... er wusste selbst nicht, ob es ein Versehen gewesen war. Immerhin. Dadurch dass drei Schlummertastenphasen wegfielen, war Max heute wirklich früh dran und nebenbei fühlte er sich überraschend wach. Vielleicht war es eine Chance? Max nahm sich vor, pünktlich und gepflegt zum Dienst zu erscheinen, wahrscheinlich würde das Schwester Gabi am meisten ärgern, wenn ihr kein Grund zum Meckern einfiel. Sie zur Weißglut bringen – Max fühlte sich das erste Mal in dieser Woche motiviert.

Frisch geduscht, sauber und adrett (soweit es der Kleiderschrank hergab) eingekleidet fuhr Max auf seinem sogar schnell noch geputzten Fahrrad pünktlich los. Ein unbekanntes, aber nicht schlechtes Gefühl. War es vielleicht doch eine Option, in manchen Bereichen auf die Eltern und ihre Ermahnungen zu ... *Hoppla!*

Max bremste noch gerade rechtzeitig, um den älteren Mann nicht zu überfahren, der auf dem Bürgersteig gestolpert und samt dem großen Paket, das er trug, auf den Fahrradweg gestürzt war.

„Haben Sie sich verletzt?"

Der Mann schien etwas benommen, schüttelte aber den Kopf.

„Nein. Danke. Ich glaube nicht. Es ist aber auch wie verhext. Jedes Mal strauchle ich mit dem Kreuz."

„Kreuz?"

Tatsächlich, das war die Form. Ein in Tüchern eingeschlagenes Kreuz?

„Sie tragen öfter ein Kreuz durch die Gegend? Manchmal auch so Berge hoch? Vor zweitausend Jahren zum Beispiel?"

Max lachte, während er dem Mann aufhalf. Dieser nickte Max dankbar zu.

„Danke für deine Hilfe! Ja. In der Tat. Ich werde nicht gerne daran erinnert, aber vor zweitausend Jahren das erste Mal. Grauenhaft! Davon weiß wirklich jeder und das hängen die auch noch als Symbol für mich auf! Jahrelang ziehe ich durch die Gegend, bewirke Wunder, predige mir die Stimme heiser, erfinde wirklich coole Gleichnisse, die man selbst heute noch verstehen müsste, lehre die Leute das Leben genießen, viel zu lieben, Lebenskünstler zu werden und was wird das Symbol für mein Leben? Mein grauenhaftes Sterben. Und dann glauben die auch noch, ich käme zu ihnen in diese sogenannten Gotteshäuser? Wenn sie, statt Kreuze aufzuhängen, Wasserflaschen hingestellt hätten, in froher Erwartung – ich hätte sie jeden Sonntag in Wein verwandelt und hätte mit allen gefeiert. Aber sorry, mit Leuten, die mein Leiden feiern? Nö! Muss nicht sein."

Max überlegte während der langen Predigt, ob der Mann vielleicht aus dem *Waldesruh* entlaufen war. Er hatte noch lange nicht alle Verwirrten kennengelernt. Sie hatten einen Bewohner, der sich für Napoleon hielt, wieso nicht auch ein Jesus?

„Geht es Ihnen wirklich gut? Wissen Sie, wo Sie hinmüssen?"

„Nach Golgatha."

„Ja. Klar."

„Nein. Kleiner Scherz. *Golgatha* heißt übrigens auch ein Biergarten in Berlin. Da habe ich öfter Wasser in Wein verwandelt, aber inzwischen habe ich dort Hausverbot."

Der hier ist deutlich lustiger als unser Napoleon!

„Wenn Sie gerade mal wieder auf der Erde sind, werden Sie auch den Papst besuchen?"

„Wen?"

„Na, den ...“

„Sorry! Noch ein Scherz. Natürlich weiß ich über den angeblichen Nachfolger Petri Bescheid. Ich sag mal so: Wenn das Petrus sein soll, dann wohl einer, der im See Genezareth versank und nun dort unten den Fischen predigt, wie man auf dem Wasser geht."

Der alte Mann lachte laut und ansteckend und sah dabei um die Augen sehr jung aus.

„So, Max, jetzt aber ernsthaft: Mir geht es wirklich gut. Vielen Dank für deine Hilfe. Ich komme zurecht. Was sollte ich mich sorgen? Siehe die Vögel am Himmel, sie ...“

Beide hatten zum Himmel geschaut, dort war aber nur in der Ferne ein Flugzeug zu sehen.

„Schlechte Umgebung zum Predigen", grinste Max. „Lilien werden Sie hier in der Straße sicher auch nicht finden."

„Vielleicht sollte ich ein paar Sachen wirklich mal überarbeiten. Ach, was solls? Ich weiß, wo ich hingehöre. Vielleicht könntest du mir nur gerade das Kreuz zu meinem Wagen tragen?"

Das Kreuz war schwer und groß und als Max es ablegte, rutschte es ihm weg und sein linker Unterarm knallte auf die Kante des Bollerwagens.

Max schrie auf und fluchte sehr derbe, bis ihm einfiel, dass Jesus neben ihm stand.

Er krempelte den Ärmel hoch und besah sich die Stelle – kein Blut, aber das würde einen ordentlichen blauen Flecken geben.

Auch der Mann sah sich den Bluterguss an und grinste fröhlich, so als habe er eine Idee.

„Das wird verheilen."

„Wenn Sie Jesus sind, müssen Sie doch nur einfach die Hand auflegen oder, wie hieß das bei dieser Wunderheilung? Ja, genau: ‚Sprich nur ein Wort, so bin ich gesund.'"

„So ähnlich. ‚Sprich nur ein Wort, dann wird mein Diener gesund.' hat der Hauptmann von Kafarnaum damals gesagt. Ein feiner Mann, so fähige Führungspersönlichkeiten, die sich um ihre Mitarbeiter kümmern, gibt es leider nur noch selten. Aber ja, du hast Recht. Ein Wort würde reichen, deinen Arm zu heilen, aber es gibt viel Besseres."

Der Mann lächelte sehr zufrieden.

Ein langhaariger Hund kam auf sie beide zu, mit einem Kerzenleuchter im Maul und machte vor dem alten Mann Sitz. Dieser ging in die Knie, nahm den Kerzenleuchter und gab dem Hund dafür mehrere Leckerchen, die mit enthusiastischem Wedeln verspeist wurden.

„Und den anderen auch noch."

Der Hund lief zügig in das große Gebäude gegenüber.

„Ihr Hund?"

„Ja. Dieser Bobtail folgt mir nun schon eine ganze Weile nach. Der beste und gläubigste Jünger, den ich je hatte. Die Speisung der Fünftausend könnte mit ihm allerdings schwierig werden."

Der alte Mann verstaute den Kerzenleuchter in dem Boller-wagen, den Max jetzt das erste Mal genauer betrachtete.

Dort lagen auch schon mehrere Bilder, weitere Kerzen-leuchter, Utensilien eines Krippenspiels ... endlich begriff Max, wo sie beide hier standen: direkt neben ...

„Rauben Sie hier gerade die St. Nikola-Kirche aus?"

„Ausrauben würde ich das nicht nennen, eher umgestalten. Abgesehen davon, dass das Haus doch angeblich meinem Vater gehört, und der will mit dieser Schöpfung ja nichts mehr zu tun haben, hat mir die Erde schon als vorzeitiges Erbe ... jedenfalls: Das sieht doch furchtbar aus. Wann warst du zuletzt in einer Kirche?"

„Tut mir leid. Ich bin fast noch nie in einem Gottesdienst gewesen."

„Sehr vernünftig. Ich auch nicht. Ich hatte damals, dachte ich jedenfalls, sehr deutlich gemacht, was ich von *Gotteshäu-sern* halte. Selbst in dieser grauenhaft verzerrenden Bibel wird doch deutlich, dass der Gottessohn nicht gerne in Kirchen pre-digt. Bergpredigt, Wunder – irgendeines der berühmten Gleich-nisse – nicht eine davon habe ich in begrenzten Mauern gespro-chen oder vollbracht. Das willst du gar nicht alles hören, oder? Aber ja, in der Tat, wenn uns jemand erwischt, könntest du Schwierigkeiten bekommen. Also. Nimm dein Fahrrad und gehe hin. Danke nochmal für deine Hilfe! Schade, dass du nicht Christoph heißt, sonst würdest du den Namen ab heute mit Recht tragen. Gut, Maximilian passt durchaus auch zu dir, wird zu dir passen. Momentan fühlst du dich mehr wie ein Minimi-lian, aber schon in wenigen Tagen ... ah. Vorsicht! Spoilerwar-nung! Das passiert mir immer wieder. Hach, was ging das Ja-kobus auf die Nerven. Aber wenn es drauf ankam, haben sie es ja doch nicht geglaubt. Also gut. Nur so viel: Du wirst gesegnet werden und ein Segen sein. Und das schon recht bald. Gehe hin in meinem Frieden."

Der Mann lächelte ihm zu, drehte sich zu dem Bollerwagen und kramte daraus eine Kettensäge hervor.

„Das nächste Mal schneide ich den Scheiß schon drinnen klein."

Max schwang sich schnell auf sein Fahrrad, nachdem er sich vergeblich nach Kameras umgesehen hatte. Nein. Das schien nicht *Verstehen Sie Spaß* zu sein. Das war nur ein mächtig verwirrter Kirchenhasser. Wahrscheinlich hätte er die Polizei verständigen müssen, aber spätestens jetzt, wo die Kettensäge laut aufheulte: da werden sich schon andere drum kümmern. Er hatte jetzt wirklich keine Zeit dafür. Er musste sich schon sehr beeilen, um doch noch pünktlich ... Scheiße! Nicht schon wieder! Nicht jetzt!

Max ließ das Fahrrad ausrollen, schmiss es dann frustriert in einen Busch und trat mehrmals kräftig dagegen, bis er einen stechenden Schmerz im rechten kleinen Zeh verspürte. Scheiße!

Ich werde gesegnet sein – Ha!

Max hatte Lust zu dem Mann zurückzugehen und auch ihn in ein Gebüsch zu schmeißen. Bei dem war doch auch die Kette ab! Aber um ihn kümmerten sich jetzt wohl andere. Die Motorsäge war nicht mehr zu hören, dafür Martinshorn aus mehreren Richtungen. Ob einer von den Freunden und Helfern ihm vielleicht mit dem Fahrrad helfen könnte?

Nö.

Pünktlich konnte er nun endgültig vergessen und nachdem Max die Kette nach mehreren Anläufen endlich wieder drauf hatte, war auch sauber nichts mehr, womit er Schwester Gabi ärgern konnte. Kettenöl an Hose und Hemd und reichlich an den Händen. Scheiße! Max trat das Fahrrad ins Gebüsch und fuhr sich mit den ölverschmierten Händen durch die Haare.

„Gehe hin in meinem Frieden." Ja ne, ist klar. Das musste tatsächlich Jesus gewesen sein. Dessen Jünger waren vor zweitausend Jahren ebenfalls nicht vom Glück verfolgt gewesen, und mit seinen Versprechungen hatte es schon damals nicht wirklich funktioniert und jetzt fing es auch noch an zu regnen.

Max betrachtete sich zufrieden im Spiegel im Eingangsbereich des *Waldesruh*: Nicht wirklich wie geplant – er war dreißig Minuten zu spät und seine ölverschmierten Haare standen wild vom zerkratzten Gesicht ab. Ziemlich cool eigentlich. Auf Hemd und Hose war das Öl nicht mehr zu erkennen. Als die Kette das zweite Mal abgesprungen war, hatte sie sich verkantet und eine Vollbremsung verursacht. Das Fahrrad war geschleudert und hatte Max ins Gebüsch abgeworfen, während es selbst lachend auf dem Fahrradweg liegengeblieben war.

Ausgleich. Max gegen Fahrrad: eins zu eins.

Das Hemd hatte zwei große Risse, die Hose war mit Schlamm bedeckt.

Du bist verflucht und du wirst ein Fluch sein.

Vielleicht bekommt Schwester Gabi einen Schlaganfall, wenn sie mich so sieht?

Das wäre immerhin eine Art Happy End.

Eine gute Bewertung durch Schwester Gabi konnte er jedenfalls vergessen. Vielleicht würde sie ihn nach Hause schicken? Für den Rest der Woche? Und noch die Woche danach gleich mit? Er schmierte sich auch Öl ins Gesicht bis ihm einfiel: Shit! Vielleicht kommt Birte wieder vorbei! Und: Übermorgen kam Herr Mosleimer zur Hospitation und wenn der hören würde, dass Max hier nicht mehr arbeiten durfte, würde er bestimmt noch kurzfristig etwas anderes finden und wahrscheinlich viel Zeit und Fantasie investieren, damit das noch schlimmer würde. Er konnte Max ähnlich wenig leiden wie Schwester Gabi.

Was tun? Doch der Oberschenkelhalsbruch? Aber der Widerstandskämpfer war halt doch ein Schisser, was Schmerzen anging.

Max öffnete die Tür zum Dienstzimmer, aber statt Schwester Gabi saß da eine hübsche Blondine am Schreibtisch und sah ihn erschrocken an.

„Ach du Scheiße! Bist du überfallen worden?"

Dann musste sie lachen, laut und ansteckend. Als sie beide wieder Luft bekamen, schüttelte sie den Kopf:

„Entschuldige! Ich hoffe, dir ist nichts Ernstes passiert. Aber es ist einfach zu komisch. Gabi übertreibt immer gerne, wenn sie jemanden niedermachen will, aber ich muss sagen: diesmal hat sie mit der Beschreibung deines äußeren Erscheinungsbildes genau ins Schmutzige getroffen. Du musst Max sein. Ich bin Angelika. Was ist dir passiert?"

„Lange Geschichte. Unter anderem habe ich mitgeholfen, eine Kirche auszurauben und dann hatte ich einen Kampf mit meinem Fahrrad ..."

„...den das Fahrrad offensichtlich gewonnen hat."

„Unentschieden!"

„Na immerhin. Geh dich erst mal waschen und wärm dich ordentlich auf. Willst du vielleicht kurz heiß duschen?"

„Also ... ich kann doch nicht ..."

„Du kannst nicht allein duschen? Das ist nicht schlimm. Dass können hier viele nicht. Soll ich dir helfen? Ich habe das gelernt."

Max sah sie verblüfft an.

„Kleiner Scherz. Das wäre extreme Überversorgung und bei uns ist aktivierende Pflege angesagt."

Das Telefon klingelte. Angelika zeigte ihm schnell die Dusche neben dem Personalraum und ging dann ans Telefon.

Unter der Dusche hatte Max sehr angenehme Vorstellungen davon, wie Angelika ihm beim Duschen behilflich war.

„Ich kann gerne wieder zu Herrn Bömmel gehen."

Max hatte schon das Kännchen Kaffee in der Hand, das er extra beiseitegestellt hatte ... ohne Zucker.

„Ja. Brunhilde hat angedeutet, dass du mit ihm gut zurechtkommst", sagte Schwester Angelika und lächelte ihn an. Dummerweise kam sie mit rein zu Herrn Bömmel.

„Hallo Herr Bömmel. Lange nicht gesehen. Ich hatte ein verlängertes Wochenende. Wie geht es Ihnen?" und sie setzte sich sogar auf den Stuhl neben sein Bett.

Das war jetzt echt blöd. Max hatte eigentlich gehofft, er sei wieder allein hier und könnte in Ruhe Herrn Bömmel ignorieren und dessen Kaffee trinken.

Ob Angelika Herrn Bömmel nicht richtig kannte? Niemand sonst hatte ihn bisher angesprochen, als hätte er Chance auf eine sinnvolle Antwort.

„Mir geht's gut, vielen Dank. Wie geht es Ihnen?"

„Danke Herr Bömmel, mir geht's sehr gut. Sie können jetzt bestimmt einen Kaffee gebrauchen!"

„Oh ja. Sehr gerne, Schwester ... Schwester ..."

„Angelika. Sie bekommen jetzt einen schönen heißen Kaffee und dann wird der Tag noch besser. Bis nachher!"

Max war nichts anderes übriggeblieben, als den Schnabelbecher vollzufüllen und vor Herrn Bömmel hinzustellen. Na toll! Jetzt war nur noch eine halbe Tasse in dem Kännchen für ihn selbst übrig. Angelika war zwar inzwischen aus dem Zimmer, aber aus dem Schnabelbecher mochte Max nicht trinken, also setzte er sich mit seiner halben Tasse weit weg, bevor das Gepruste wieder losgehen würde.

Ein leichtes Kratzen im Hals. Max öffnete das Fenster und ließ Wind durch seine noch feuchten Haare wehen. Vielleicht konnte er sich so richtig erkälten, dann könnte er den Rest der Tage krankfeiern.

Max schaute trübsinnig auf den Wald in der Ferne, trank die wenigen Schlucke, die schnell kalt wurden und stellte sich vor, dass Birte dort unten über den Weg gehen würde, um ihre Oma zu besuchen ..., aber die war vormittags selbst irgendwo im Praktikum. Was machte sie eigentlich?

Draußen begann es zu schneien.

Wie Unterricht. Aus dem Fenster gucken, Schneeflocken zählen, bis man friedlich wegdämmert.

Doch Max konnte nicht einschlafen. Irgendwas beunruhigte ihn.

Herr Bömmel hatte gar nicht geprustet.

Max schaute zum Bett.

Der alte Mann saß auf der Bettkante, vor sich einen leeren Schnabelbecher, auf dem Gesicht ein Lächeln und auch er starrte aus dem Fenster auf die fallenden Schneeflocken, schien aber nicht in Gefahr einzudämmern, eher sehr wach, aber nicht hier, sondern an einem fernen Ort, an dem er sich im Gedanken aufhielt.

Nebenan schrie Frau Wussow. Herr Bömmel wurde aus seinem Träumen gerissen und sah etwas verwirrt zu Max: „Oh, Entschuldigung. Haben Sie etwas gesagt?"

„Nein. Nein. Möchten Sie noch etwas Kaffee, Herr Bömmel?"

„Ja. Gerne."

Max holte noch ein ungezuckertes Kännchen Kaffee vom Wagen und setzte sich zu Herrn Bömmel.

„Schön, dass Sie wieder aus dem Krankenhaus zurück sind."

Max schaute etwas irritiert. „Wie meinen?"

„Aber es hat wirklich geholfen. Sie haben keine Schmerzen mehr und können viel besser gehen."

Max sah Herrn Bömmel ratlos an und der merkte nun auch, dass etwas nicht stimmte und guckte ratlos zurück.

„Sie sind gar nicht mein Zimmernachbar, stimmts?"

„Nein. Ich bin Praktikant hier. Ich heiße Max."

„Max. Tja, dass Sie nicht Angelika sind, ist mir aufgefallen."

Herr Bömmel trank mit geschlossenen Augen mehrere Schluck Kaffee und seufzte zufrieden.

„Fein. Jetzt habe ich Hunger."

„Er hat alles aufgegessen?" Angelika sah Max erstaunt an, als dieser das leere Tablett aus dem Zimmer trug.

„Ja. Und drei Kaffee getrunken. Das steht übrigens falsch auf seiner Karte. Er trinkt ihn ohne Zucker. Und Wasser trinkt er nur ohne Kohlensäure. Gegessen hat er zwei Brötchen ohne Körner. Er mag kein Vollkorn. Auch das ..."

„...steht falsch auf der Karte. Ich sehe schon. Gabis Schrift. Die ist halt der Überzeugung, dass Kaffee nur schmeckt, wenn er zu fünfzig Prozent aus Zucker besteht. Oh Mann. Dann waren seine aggressiven Ausbrüche womöglich immer beim Kaffee?"

„Bei mir war es jedenfalls so."

43

„Wahnsinn. Du kriegst nach drei Tagen mit, was examinierten Kräften wochenlang verborgen bleibt. Du wirst mal ein guter Pfleger."

„Oh. Ich glaube nicht ..."

„Ich glaube es auch nicht. Es wäre ein toller Beruf, wenn man für die wichtigen Dinge Zeit hätte. Wir werden meist gerade so mit Waschen, Füttern, Lagern, Pillengeben fertig in der Schicht. Für die wirklichen Bedürfnisse der Bewohner haben wir selten noch Zeit übrig. Zuhören, in den Arm nehmen, zusammen schweigen und so vieles, was das Leben doch viel wertvoller macht als satt und sauber. Du hast ja gerade selbst erlebt, wie wichtig zum Beispiel Biographie-Arbeit ist, gerade bei Dementen. Kaffee mit Zucker ... das muss für ihn Folter gewesen sein. Man versteht seine Umgebung sowieso kaum und dann auch noch solch ein gustatorischer Schlag gegen den Gaumen. Aber das wird jetzt nicht noch einmal aufgeschoben! Ich setze mich gleich dran. Ich telefoniere mit dem Betreuer und du kannst dich, wenn du Lust hast, noch mal zu Herrn Bömmel setzen. Lass ihn ein bisschen von früher erzählen: was er gerne gegessen, getrunken, womit er sich beschäftigt hat, was für Musik er mag, ob ihm Religion etwas bedeutet, all sowas. Lass ihn einfach erzählen und versuche, dir vieles zu merken. Dann können wir nachher zusammen die Biografie schreiben. Ich werde ihm jetzt als erstes für heute Abend das Beruhigungsmittel aus seiner Medikamentenschachtel entfernen."

Angelika erreichte den Betreuer den ganzen Vormittag nicht, nahm sich aber Zeit, sich kurz zu notieren, was Herr Bömmel Max erzählt hatte.

„Du bist eine echte Bereicherung für uns."

„Da gibt es hier auch andere Ansichten."

44

„Tja. Oft sind es gerade die Menschen, die selbst keine Bereicherung sind, die am wenigsten ..."

Die Alarmklingel unterbrach Angelika, die auf den Flur eilte und dann in Frau Richmanns Zimmer.

Eine Weile herrschte leichtes Chaos auf dem Wohnbereich. Angelika, die Pflegehelferin und ein Pfleger vom Wohnbereich nebenan liefen zwischen Dienstzimmer und Zimmer von Frau Richmann, die wohl einen Krampfanfall hatte, hin und her. Kurz darauf kamen auch noch Notarzt und Rettungssanitäter dazu und dazwischen immer wieder desorientierte Bewohner, die von der Unruhe angesteckt mit unsinnigen Fragen und wenig konstruktiven Vorschlägen den ganzen Verkehr behinderten.

Nur Frau Röber ließ sich nicht von der Hektik anstecken. Sie stand die neben Frau Richmanns Zimmer am Fenster und wiederholte zehnmal in fast exaktem Abstand von einer halben Minute:

„Es schneit! Oh, wie schön. Ach, sehen Sie doch mal: wie schön!"

Dann suchte sie nach dem Ausgang, um raus in den Schnee zu gehen. Wie die anderen Bewohner fand sie ihn nicht. Die Tür vom Wohnbereich war mit einer Fototapete verklebt, so dass sie aussah, wie ein Bücherregal. Öffnen konnte man sie nur, wenn man eine vierstellige Nummer eingab und einen Schalter drückte, der hinter einer Topfpflanze versteckt war.

Frau Röber ging zurück ans Fenster und begann von Neuem.

Max mochte sie. Schwester Gabi weniger. Diese war mittlerweile zum Zwischendienst angekommen und schickte ihn mal wieder ins Wäschelager.

Max machte sich Sorgen. Angelika war immer noch bei Frau Richmann im Zimmer, obwohl der Arzt und die Sanitäter schon lange wieder weg waren. Konnte er wirklich sicher sein, dass sie nicht sprechen konnte?

Es war ihm inzwischen furchtbar peinlich, wie er sich ihr gegenüber verhalten hatte. Max hatte sogar in der Nacht davon geträumt und als er aufgewacht war, war ihm übel gewesen. (Was allerdings auch an den vielen Chips gelegen haben konnte.)

Das war etwas, was er an anderen nie hatte leiden können: den gesammelten Frust an Schwächeren auslassen. Feige halt. Genauso feige, wie dass er sich seither nicht mehr in ihr Zimmer getraut hatte, um sich zu entschuldigen. War es nun vielleicht zu spät?

Schwester Gabi unterbrach diesen günstigen Moment für eine wichtige Selbsterkenntnis mit weiteren unangenehmen und übelriechenden Aufgaben.

Frau Röber stand immer noch am Fenster und freute sich über den Schnee.

Angelika kam aus Frau Richmanns Zimmer und sah Max mit einem seltsamen Blick an, den er bei ihr bisher nicht gesehen hatte. Vielleicht nur müde, vielleicht aber ...

„Alles in Ordnung mit Frau Richmann?"

„Ja. Zum Glück. Sie schläft jetzt. Brauchte ein bisschen Fürsorge und jetzt erholt sie sich schlafend."

Angelika sah Max immer noch nachdenklich an. Sollte er einfach alles gestehen und ...

„Es schneit! Oh, wie schön. Ach, sehen Sie doch mal: wie schön!"

Angelika nahm Frau Röber in den Arm.

„Das ist wirklich wunderschön, Frau Röber. Schnee verzaubert alles."

„Soll ich vielleicht mit ihr rausgehen in den Schnee?"

Angelika lächelte Max nun wieder fröhlich an.

„Tolle Idee! Möchten Sie vielleicht mal rausgehen in den Schnee, Frau Röber? Es ist noch etwas Zeit bis zum Tee. Dieser junge Mann wird Sie begleiten."

Frau Röber strahlte.

Als sie wenige Minuten später mit Max durch den Schnee im Innenhof stapfte, sogar wie eine Schneekönigin.

„Du bist das Beste, was mir im Leben passiert ist."

Sie sang die Zeile mehrmals mit verschiedenen Melodien vor sich hin und lachte zwischendurch immer wieder laut und ausgelassen.

Eine Frau bei ihm eingehakt, ihn immer wieder anstrahlend, glücklich, lachend, singend, ohne dass er etwas machen musste. Warum war es nicht immer so einfach?

Angelika winkte den beiden fröhlich vom Fenster im ersten Stock zu.

Frau Röber zog sich Schuhe und Strümpfe aus und stapfte jauchzend durch den Schnee. Max tat es ihr gleich. Ohne das Jauchzen. Das war ihm dann doch zu peinlich.

Angelika öffnete nach ein paar Minuten oben das Fenster:

„Feierabend, Max! Frau Röber, Ihr Tee ist auf dem Zimmer."

Gut gelaunt ging Max mit Frau Röber, die sich wieder bei ihm eingehakt hatte, zur Eingangstür, als sie dort Schwester Gabi trafen.

Max saß im Aufenthaltsraum im Wohnbereich nebenan, in der Hoffnung, dass Birte wieder auftauchen würde und machte sich nun tatsächlich erste Notizen für seine Praktikumsmappe.

Dass Schwester Gabi ihn angeraunzt hatte, war weder unerwartet noch schlimm gewesen, aber in welchem Ton sie Frau Röber niedergemacht hatte, weil diese barfuß lief ...

Es war etwas Wichtiges, etwas ihm Wichtiges - das allein war schon verwirrend, weil ihm sonst nie etwas wichtig war, aber vor allem war es nicht ausdrückbar, gar in einer von Lehrern zu bewertenden Praktikumsmappe, denn ... das war doch der gleiche Scheiß wie in der Schule! Noch schlimmer?

Max hatte gedacht, dass niemand schlimmer behandelt werden könnte als Schüler durch ihre Lehrer. Aber wenn er sah, wie Schwester Gabi und einige andere mit den Alten umgingen – es gelang Max nicht vollständig den Gedanken zurückzudrängen: *wie auch ich mit Frau Richmann umgegangen bin –* dann war das ... er wusste, da gab es Worte für, aber sie fehlten ihm, als wäre die Wahrheit nur in Lateinisch offensichtlich und ihm fehlten wie üblich die meisten Vokabeln zum Übersetzen.

Bello Seniorico.

Cetero censeo seniores esse dilendam.

Latein war definitiv nicht sein bestes Fach.

Ob die Alten hier ehemalige Lehrer waren, und sich jetzt Schwestern, die deren ehemalige Schülerinnen waren, an ihnen rächten?

Das verächtliche und respektlose Verhalten kam ihm jedenfalls bekannt vor. Was interessierte die Pflegekraft die wirkliche Welt des zu Pflegenden? Was interessierte den Lehrer die aktuelle Erlebenswelt des Schülers?

„Ich habe mich sofort in ihn verliebt."

Max schreckte aus seinen Gedanken hoch. Das war die Stimme von Birtes Oma. Er warf einen unauffälligen Blick um die Ecke. Die beiden gingen am Rollator, nein, natürlich nur Birtes Oma, aber das war ja wohl klar, jedenfalls auf ihr Zimmer, also Omas, meine Güte!

Max war völlig durcheinander. Eben war doch noch alles so klar gewesen! Er richtete seine Frisur. Im Gegensatz zu seinen Haaren war er aber immer noch völlig durcheinander. Wollte er das wirklich durchziehen? Was sollte er sagen?

„Wie hast du das gemerkt?"

„Oh, glaub mir, wenn es so weit ist, dann weißt du das. Ich hatte ihn schon ein paar Mal gesehen, mochte ihn, aber dann, an diesem Tag ... allein sein Outfit: Ein Schal aus Kaschmir, seine coole Weste mit den Fransen und seine Ohrstecker!"

„Ohrstecker? Echt jetzt? Also. Schal - volle Zustimmung! Weste - bitte ohne Fransen. Aber ein Ohrstecker oder gar Ohrringe, bei Jungs? Ne! Überhaupt nicht mein Geschmack."

„Tja. Heute hat das ja auch fast jeder. Aber damals. Sowas traute sich früher noch kein Mann. Ich wusste direkt: der ist etwas Besonderes! Gepflegt, aber nicht angepasst."

„Jo. Das ist richtig. So muss er sein."

Max sah an sich runter: Er hatte bisher nie eine Weste besessen, und der schwarz-weiße St. Pauli – Schal über seinem Bett war definitiv nicht aus Kaschmir. Auch von gepflegt konnte heute keine Rede sein. Immer noch Spuren von Fahrradkettenöl an den Fingern – das war immerhin kein angepasstes Äußeres.

Dennoch verzichtete Max darauf, sich zu erkennen zu geben (schon gar, wo er heute seinen Ohrstecker trug) und wartete, bis die beiden im Zimmer verschwunden waren, bevor er sich aus dem Aufenthaltsraum und dann aus dem gesamten Etablissement entfernte.

Wieder kam Max zwei Stunden später als ursprünglich geplant zuhause an. Diesmal weil er sich auf dem Rückweg noch einen Wecker, eine Weste und einen Schal gekauft hatte. Kaschmir hatte er sich nicht leisten können, aber der Verkäufer hatte ihm versichert, dass dieser Stoff zwar zehnmal preiswerter, aber fast genauso gut sei und aussehe.

Seine Mutter verzichtete auf eine Erwähnung der späten Zeit, um ihn nicht wieder aus dem Haus zu treiben, und beließ es bei einem fragenden Blick, der mit einem Schulterzucken im Vorbeigehen nur unzureichend beantwortet wurde.

Als er sich zur Nacht umzog, zuckte er zusammen, als er seinen linken Unterarm berührte. Eine ordentliche Schwellung und intensive Verfärbung. Um krank zu feiern, würde es nicht reichen, aber er würde noch lange etwas davon haben, beim Ausrauben einer Kirche mitgeholfen zu haben. Ob morgen etwas in der Zeitung stand?

Das wird heilen. Es gibt Besseres. Sein Ernst?

Bevor er einschlief, nahm Max sich fest vor, sich am nächsten Tag bei Frau Richmann zu entschuldigen.

4. Tag

„Jo. So muss ein Kaffee sein!" Herr Bömmel seufzte zufrieden, nahm noch einen Schluck und stellte seine Tasse auf das Fensterbrett.

„Du bist aber noch sehr jung für einen Altenpfleger."

„Ich bin kein Altenpfleger. Ich bin Schüler, mache hier nur mein Praktikum."

„Ah ..."

Wieder schwiegen sie beide. Max fand es sehr angenehm bei Herrn Bömmel. Er erzählte nicht viel.

Max hatte von zuhause eine Thermoskanne richtig guten Kaffee mitgebracht. Ohne Zucker war die Heimplörre zwar erträglich, aber ein Kaffee aus Espressobohnen aus einem Kaffeevollautomaten mit ordentlich Druck war halt doch eine ganz andere Liga.

Max schrak hoch, als es klopfte und die Tür aufging.

Zum Glück war es Angelika. Trotzdem nahm er die Füße schnell von der Fensterbank runter und sah sie unsicher an, erleichtert, dass sie ihm kurz zulächelte und dann fasziniert zu Herrn Bömmel sah.

„Moin, Herr Bömmel! Das sieht gemütlich aus bei Ihnen hier. Unser Praktikant ist eine große Bereicherung für uns, finden Sie nicht auch?"

„Ja. In der Tat. So guten Kaffee habe ich seit Jahren nicht getrunken."

Max hoffte, dass er nicht so errötet war, wie er sich anfühlte. War es überhaupt erlaubt, eigenen Kaffee mitzubringen? Schwester Gabi hatte bei ihrem Vortrag über die Hygienevorschriften, soweit er sich an den Scheiß erinnern konnte, erstaunlicherweise konnte er sich sehr detailliert erinnern ..., wieso merkt man sich absurden Mist so viel besser als die wirklich wichtigen Dinge, die wirklich prägenden, schönen Augenblicke? Wo war ich? Shit! Seine Thermoskanne stand auf dem Fensterbrett, wo Angelika gerade hinsah.

„Hast du eigenen Kaffee mitgebracht?"

Angelika sah Max erstaunt an. Max nickte vorsichtig.

Angelika lächelte.

Ab und zu war ein Lächeln doch etwas Gutes.

„Wow! Gabi hatte aber sowas von Unrecht! Herr Bömmel, es freut mich sehr, Sie so fröhlich zu sehen! Sie wirken viel wacher als sonst."

„Danke! Danke, Schwester ... Nein! Moment! Ich werde darauf kommen! Die meisten hier muss ich nicht ..., aber Ihren Namen wollte ich doch ..."

Mehrere Sekunden lang sahen sich alle gespannt an, dann strahlte Herr Bömmel:

„Schwester Angelika! Willkommen in meinem Zimmer. Sie dürfen ruhig häufiger vorbeikommen!"

„Es ist jedes Mal ein großes Vergnügen."

Herr Bömmel sah sie nachdenklich an.

„Das ist mein Zimmer, aber: Wo bin ich hier eigentlich genau? Und ... was ist mit mir?"

Angelika setzte sich neben ihn auf die Bettkante.

„Herr Bömmel. Sie sind hier im Altenheim Waldesruh."

„Seit wann? Und, warum?"

„Vier, fünf Wochen. Sie sind aus einer Kurzzeitpflegeeinrichtung in Eppendorf zu uns gekommen. Vorher waren Sie im Krankenhaus mit einer Fraktur des linken Oberschenkels. Sie haben da eine große Narbe von der OP."

„Deswegen tut es da weh?"

„Genau. Und deswegen fällt das Gehen noch etwas schwer."

„Und wann kann ich wieder nach Hause?"

„Tja ... Ganz ehrlich, Herr Bömmel? Bisher dachte ich, Sie wären so dement, dass Sie nie mehr nach Hause könnten, aber wenn Sie unser Praktikant weiter so aufpäppelt ... Wo wohnen Sie denn?"

Herr Bömmel nannte, nach kurzem Überlegen, eine Adresse in Hamburg-Sülldorf.

„Ich werde mal nachforschen und insbesondere mit ihrem Hausarzt sprechen. Ich denke, der sollte mal vorbeikommen und Sie ansehen. Ich kümmre mich sofort darum. Versprochen. Jetzt genießen Sie erst Mal Ihren Kaffee. Max, wenn du mit deinem Kaffee fertig bist, komm bitte zu mir ins Dienstzimmer."

Als Max zehn Minuten später im Dienstzimmer erschien, bekam er von Angelika den Auftrag am Stationscomputer nach Spuren von Herrn Bömmel im Netz zu suchen, unter der von ihm genannten Adresse wohnte er jedenfalls schon lange nicht mehr.

„Er heißt Martin mit Vornamen."

In den üblichen sozialen Netzwerken war Herr Bömmel nicht aktiv gewesen - nicht wirklich überraschend in seinem Alter. Ein Martien van Bommel auf Facebook und ein Martin Bommelé auf Instagram kamen seinem Namen am nächsten, sahen seinem Freund von Zimmer 215 aber nicht ansatzweise ähnlich. Etwas genauer sah Max bei Bildern einer Jutta von Bömmel hin. Gut, natürlich auch hier keine Ähnlichkeit, aber eine willkommene Wohltat für seine Augen.

Ein Artikel über ein Schulfest in Hamburg. Laut Bildunterschrift sollte das links ein Martin Bömmel sein, Lehrer für Physik und Philosophie. Die Aufnahme war aber zu unscharf und zu alt, um eine Ähnlichkeit zu erkennen oder auszuschließen.

Da! Über einen Link zu *Lovelybooks.de* entdeckte Max, dass Herr Bömmel in einem kleinen Verlag vor vielen Jahren einen Gedichtband und einen Roman veröffentlicht hatte. Beide waren leider nicht mehr lieferbar.

Aufgeregt gingen Angelika und Max zu Herrn Bömmel und erzählten von der Entdeckung. Herr Bömmel sah sie erstaunt an und dann eine längere Zeit überlegend aus dem Fenster.

Es dämmerte. Also ihm, nicht draußen, so lange nun auch wieder nicht.

„Ja. Ich habe früher Gedichte geschrieben. Ich kann mich erinnern, wo ich dafür am liebsten saß, aber ich kann mich an kein Gedicht mehr erinnern."

Er sah wieder aus dem Fenster und schwieg. Angelika verabschiedete sich und nahm Max mit hinaus.

„So richtig glücklich wirkt er jetzt ja nicht gerade", sagte Max enttäuscht.

„Verständlich. Er ist zwar sehr aufgeregt, ich glaube durchaus auch glücklich über die Erinnerung. Aber es muss sehr beunruhigend sein, wenn man so etwas Bedeutendes vergessen hat. Er merkt gerade, aus welch tiefem Schlaf er erwacht. Eine schwierige Situation für ihn und nicht so einfach, sich dann zu öffnen. Apropos bedeutend: Kannst du mir beim Lagern von Frau Richmann helfen?"

Max blieb geschockt stehen und wurde, wie er annahm, knallrot im Gesicht.

„Oh, Scheiße! Ich wollte wirklich heute zu ihr gehen und mich entschuldigen."

„Entschuldigen?"

„Ja. Ich war vorgestern sehr ..."

„...durcheinander?"

„Ja. Das wohl auch, aber vor allem fies. Ich hab sie übelst beschimpft."

„Davon hat sie nichts berichtet."

„Ich denk, sie kann nicht sprechen?"

„In der Tat, kann sie nicht. Sie hat eine komplette motorische Aphasie seit ihrem Schlaganfall vor ein paar Jahren. Die rechte Seite ist komplett gelähmt, aber mit links kann sie mühsam etwas aufschreiben, wenn ihr etwas wichtig ist."

„Aber ..., ist sie denn nicht auch so ..., so ..."

„Dement? Wie die meisten hier? Nein. Fast im Gegenteil. Sie ist nur auf diesem Wohnbereich, weil sie nach ihrem Apoplex ins Heim musste und hier bei ihrem dementen Mann sein wollte. Sie ist dann auch auf diesem Wohnbereich geblieben, nachdem er voriges Jahr verstorben ist. Sie mag die Aussicht und die Erinnerung an ihren Mann, der vor der Demenz ein wundervoller Mann gewesen sein muss. Er war es sogar noch als Dementer. Jedenfalls. Sie ist geistig klarer als du und ich. Ich glaub, sie ist ein Genie, war Professorin für irgendwas."

„Und sie hat über mich geschrieben?"

„Ja. Sie bat mich, mich um dich zu kümmern. *Dem Jung jeht dat nit jut.* Und ich solle dir die Wichtigkeit von Lagerung und faltenfreien Laken erklären."

„Sie hat nicht angedeutet ..."

„..., dass du sie beschimpft hättest? Nein. Sie schrieb, dass du jemand Besonderes seist, aber noch sehr durcheinander. Sie mag dich. Du erinnerst sie sehr an ihren Mann."

Max schüttelte ungläubig den Kopf. Angelika lächelte.

„Ich finde übrigens auch, dass du jemand Besonderes bist. So, und jetzt lagern wir zuerst Herrn Stockbrot und ich verbinde seine Dekubiti, dann siehst du, was passiert, wenn bettlägerige Menschen nicht ausreichend gelagert werden und dauerhaft auf Falten liegen. Er war drei Wochen im Krankenhaus und kam mit vier offenen Stellen zu uns zurück."

Die Versorgung bei Herrn Stockbrot war unangenehm gewesen. Wunden sahen in echt deutlich schlimmer aus als auf dem Bildschirm. Trotzdem dachte Max, dass die Versorgung von Frau Richmann noch unangenehmer für ihn werden würde, aber diese begrüßte ihn auch diesmal mit einem Lächeln und Angelika nahm die restliche Spannung aus der Luft, indem sie ausführlich über Max' Heldentaten bei Herrn Bömmel und Frau Röber erzählte.

Als sie fertig waren mit Lagern, ging Angelika zur Tür.

„Falls du Frau Richmann noch etwas sagen willst, bleib ruhig noch hier. Wir sehen uns gleich im Dienstzimmer, okay?"

Frau Richmann hörte sich Max' umfangreiche Entschuldigung lächelnd an, streckte dann ihre linke Hand aus und zog ihn, als dieser ihre Hand nahm, zu einer angedeuteten Umarmung an sich. Sein linker Unterarm tat weh beim Abstützen, aber die Erleichterung machte das mehr als wett.

Kurz vor Feierabend ging Max wieder mit Frau Röber im Schnee spazieren, mit Schal, Weste und ohne Ohrstecker, in der Hoffnung, dass Birte vorbeikäme, sich sofort in ihn verlieben und sich bei ihm einhaken und lachen und jauchzen würde.

Doch Frau Röber wurde es irgendwann kalt und sie mussten rein, bevor Birte aufgetaucht war und wenn Max ehrlich war, bibberte er sogar schon länger vor Kälte als Frau Röber.

Als Max wenig später nach Hause gehen wollte, fing ihn Angelika auf dem Flur ab.

„Ich wollte dir nur kurz sagen: Der Hausarzt ist gerade im Haus und schaut sich gleich Herrn Bömmel an. Ich bleibe noch so lange hier und werde dir morgen berichten. Cooler Schal übrigens. Schönen Feierabend!"

Gut gelaunt ging Max auf den Nachbarwohnbereich, sah Birte in der Tür eines Zimmers stehen und kontrollierte im Spiegel schnell noch mal den Sitz von Schal und Weste und die Anordnung des Haupthaares.

Sehr nervös, aber fröhlich und erwartungsfroh ging er auf Birte zu, die die Tür schloss und ihn überrascht ansah, überrascht und mit sehr roten und verquollenen Augen. Sie wischte sich schnell über das Gesicht und begrüßte ihn mit einem Lächeln, das kaum überzeugen konnte. Mit Verliebtheit hatte er nicht ernsthaft gerechnet, aber ... freute sie sich gar nicht, ihn zu sehen?

„Hi, Max. Schön, dich zu sehn. Wie geht's dir?"

„Gut."

„Macht das Praktikum Spaß?"

„Ach ..., ja, doch. Es ist Horror, aber teilweise tatsächlich besser als gedacht. Und wie geht's dir?"

„Auch gut. Ich mache mein Praktikum in der Bücherei. Da fühle ich mich fast wie zuhause."

Sie drehte schnell den Kopf zur Seite und wischte sich eine Träne aus dem linken Auge, die sonst die Wange runtergelaufen wäre.

„Du wolltest gerade gehen?"

„Ja."

„Dann können wir ja zusammen fahren."

„Gern."

Schweigend gingen sie Richtung Ausgang.

Max hatte geahnt, dass der Einstieg in eine Unterhaltung nicht leicht würde, aber das! Alles Leichte, Lustige und das, was er sich zurechtgelegt hatte an möglichen Bemerkungen schien auf einmal völlig unangebracht.

„Dir geht's nicht wirklich gut, oder?"

Birte schüttelte den Kopf und wischte schon wieder eine Träne weg.

„Komm!" Max hakte Birte ein - sie ließ es zum Glück genauso willig wie Frau Röber geschehen – und führte sie zu einer Bank in einem etwas abgelegenen kleinen Pavillon.

„Was ist los? Erzähl!"

„Der Arzt war eben bei meiner Oma und hat uns berichtet, dass der Krebs bei ihr jetzt gestreut hat, unheilbar. Sie hat wahrscheinlich nur noch ein paar Monate zu leben."

Sie wischte sich mehrere einzelne Tränen aus beiden Augen, dann gab sie auf, versteckte ihr Gesicht an seiner Schulter und weinte nun ohne Zurückhaltung.

Max umarmte sie unbeholfen mit einem Arm und nahm mit der anderen Hand eine Hand von ihr. Das hatte er letzte Woche in einem Film gesehen. Sie drückte kurz seine Hand und hielt sie fest. Dann legte sie ihre andere Hand auf seinen Unterarm. Max war sehr erleichtert, dass es wohl auch im richtigen Leben eine angemessene Handlung war. Trotzdem war er froh, dass sie so abseits saßen und niemand sie sah. Erst nach einer halben Minute fiel ihm auf, dass Birtes Hand genau auf seinem Bluterguss lag. Schmerz war das aber nicht, was sie da erzeugte.

Nach gut einer Minute weinte Birte nicht mehr, blieb aber erfreulicherweise noch kurz in seiner Umarmung und atmete tief ein und aus. Sie ließ seine Hand los, wischte über ihre Augen und schnäuzte sich dann erstaunlich laut und undamenhaft.

„Tschuldige, dass ich dich nass gemacht habe. Cooler Schal übrigens. Ist der neu?"

„Ja. Gestern gekauft."

„Dann ist er jetzt getauft. Wie sollen wir ihn nennen?"

„Äh ... Kaschimir vielleicht?"

„Fabelhaft. Ich liebe *Drei Männer im Schnee*. Das Buch und den Film."

„Oder doch eher Birt ... tears?"

„Werd nicht frech!"

Die Augen waren noch verquollener als vorher, aber das Lächeln war echt.

„Komm. Jetzt geht's mir besser und wir können wirklich fahren."

Sie gingen zu ihren Fahrrädern. Max hätte gerne wieder ihre Hand genommen, aber ganz ohne Anlass traute er sich nicht.

Sie fuhren los und nach wenigen Metern wäre Max' Schal beinah weggeflogen. So lässig über die Schulter geworfen sah er zwar hoffentlich cool aus, war aber dem Fahrtwind schutzlos ausgeliefert.

Beide hielten an und Birte band ihm den Schal hinten zu.

„Du solltest besser auf Birtears achten. Wir haben ihn zusammen getauft, ist also auch mein Kind. Die Weste ist übrigens auch cool, aber wo ist dein Ohrstecker?"

„Mein Ohrstecker?"

„Ja. Du hast doch sonst rechts so einen Totenkopf."

„Ah. Bei der Pflege darf man keinen Schmuck tragen. Und ich bin mir nicht sicher, ob ein Ohrstecker wirklich zu mir passt."

„Tja. Bei den meisten Jungs sieht das albern aus, aber dir stand der wirklich gut."

Birte strich noch einmal über den Schal, dabei auch – aus Versehen? – leicht über seinen Nacken, stieg wieder auf und fuhr los. Max hatte Mühe hinterherzukommen. Seine Beine fühlten sich gerade sehr weich an.

„Danke fürs Nachhause bringen und für deine Schulter. Mir geht's schon viel besser. Sehen wir uns morgen wieder? Freitags habe ich etwas früher frei in der Bibliothek und werde wieder bei meiner Oma vorbeischauen. Wann hast du frei?"

„Dreizehn Uhr dreißig."

„Dann treffen wir uns auf unserer Bank?"

„Gerne."

„Wunderbar."

Birte strahlte ihn an und ging Richtung Haus, stellte ihr Fahrrad ab, drehte sich an der Tür noch mal um und winkte. Max starrte noch eine Weile auf den Eingang, nachdem sie im Haus verschwunden war.

Wow! *Unsere* Bank.

Max zog den Schal zuhause nicht aus, täuschte auf Nachfrage seiner Mutter beim Abendessen ein Kratzen im Hals vor.

Max hatte es sich gerade in seinem Zimmer gemütlich gemacht und wollte einen Kaffee trinken und dabei von Birte träumen, ihre Hand nachspüren und Strategien zu ihrer Eroberung entwickeln. Aber nach dem ersten Schluck kam sein Vater ohne Anklopfen rein und sah ihn verzweifelt an:

„Du musst mir helfen! Ich hab eben Saft über die Tastatur vom Laptop gekippt und ein paar Minuten später ging er aus und jetzt hab ich nur noch schwarzen Bildschirm. Kannst du das wieder hinbekommen?"

Na toll – ausgerechnet heute?

„Ich muss erst mal an meinen Praktikumsbericht. Wir sollen immer direkt hinterher schreiben, sonst vergisst man die Hälfte und ..."

„Du trinkst doch nur Kaffee und geschrieben hast du die letzten Tage doch auch nichts!"

„Doch. Klar. Das haben wir wirklich so gesagt bekommen."

„Danach vielleicht? Bitte!"

„Okay. Gib mal her. Kann aber dauern. Ich muss ihn erst auseinandernehmen und dann die einzelnen Teile trocknen lassen. Danach ... mal sehen."

Das Laptop roch durchdringend, aber nicht nach Saft.

Max blieb nichts anderes übrig, als sich an die Praktikumsmappe zu setzen. Falls sein Vater vorbeischauen würde, sollten dort wenigstens schon ein paar Worte stehen.

Eine Stunde später hatte er zwei Seiten vollgeschrieben. Zwar keine Ausführungen zum Praktikum, sondern etwas Tagebuch, Notizen zu Birtes Vorlieben und noch ein gescheiterter Versuch eines Gedichts.

Beim Zubettgehen ein seltsames, völlig unbekanntes Gefühl: Er freute sich auf den nächsten Tag, gespannt, ob sich bei Herrn Bömmel noch mehr getan haben würde und ob Birte ihm wieder irgendeinen Grund gab, ihre Hand zu nehmen oder sie zu umarmen oder sie zu küssen ...

In seinen Träumen gelang dies auf viele verschiedene Weisen problemlos.

5. Tag

Beim Aufwachen war Max schnell wieder klar, dass *problemlos* ein Adjektiv war, dass nur in Träumen real existierte. Trotzdem: Das Aufstehen war deutlich beschwingter als gewöhnlich.

Gut gelaunt und pünktlich erschien er auf dem Wohnbereich, wo er jedoch statt von Angelika von einer zwar ebenfalls pünktlichen, aber keinesfalls gut gelaunten Schwester Gabi begrüßt wurde.

„Du hättest dich ruhig ordentlicher anziehen können und den Ohrstecker kannst du gleich wieder ablegen, der ist unhygienisch und sieht an einem Mann total albern aus. Also wirklich. Gib dir wenigstens heute mal Mühe, schließlich kommt nachher dein Lehrer wegen deinem Praktikum vorbei."

„Wegen meines Praktikums."

„Hab ich doch gesagt."

„Sie sagten wegen dem Praktikum. Nach ‚wegen' ist der Genitiv keine Option, sondern verpflichtend."

Schwester Gabi atmete, langsam sehr rot werdend, mehrmals tief ein und aus und ließ dann eine Schimpftirade los, gegen die Max' Ausbruch bei Frau Richmann geradezu höflich und freundlich erschien. Anfangs derb – und voller Grammatikfehler – über Max herziehend, ergoss sich ihr Hass im Verlauf auf die gesamte heutige Jugend, die, kaum aus den Windeln raus, schon glaube, alles besser zu wissen, nur Ansprüche stelle, ohne selbst etwas geleistet zu haben, Fridays For Future im Allgemeinen und insbesondere diese Greta von ...

Eine Alarmklingel erlöste Max und rettete Schwester Gabi, deren Gesicht inzwischen dunkelrot geworden war, womöglich vor einem Schlaganfall.

Vergeblich hoffte Max auf einen leckeren Kaffee bei Herrn Bömmel und ein gemeinsames Lästern über Schwester Gabi. Die Pflegehelferin Brunhilde klärte Max auf, dass Angelika mit Herrn Bömmel heute Vormittag beim Neurologen sei.

Eine Stunde lang war Schwester Gabi stets sehr bemüht, Max das Leben schwer zu machen und überschüttete ihn mit übelriechenden Aufgaben. Da er diese aber alle mit stoischer Ruhe, sogar höflich und mit einem Lächeln erledigte, verlor sie schnell die Lust und begnügte sich fortan damit am Schreibtisch zu sitzen und sich Notizen für das Gespräch mit Herrn Mosleimer zu machen.

Der Schnee war jetzt komplett geschmolzen und Frau Röber hatte kein Interesse mehr an Spaziergängen.

Max saß längere Zeit bei Frau Richmann am Bett und las ihr vor. Brunhilde hatte ihm eine Nachricht von Angelika überreicht, dass Frau Richmann insbesondere von seiner Stimme angetan sei. Wenn sie die Augen zu mache, höre sie ihren Mann.

Als Herr Mosleimer kurz nach elf Uhr vorbeikam, war Schwester Gabi zwar wieder etwas ruhiger, inhaltlich allerdings kaum milder als am Morgen. Tatsächlich machte sie den Vorschlag, dem Max vor ein paar Tagen noch begeistert zugestimmt hätte, nämlich dass er die zweite Woche Praktikum irgendwo anders machen solle, hier sei er nur Belastung und Zumutung und keine Hilfe.

Herr Mosleimer sagte, das gehe leider nicht, schimpfte inhaltlich ähnlich, aber immerhin grammatikalisch korrekt mit Max und ermahnte ihn mehrmals, sich in der zweiten Woche mehr Mühe zu geben. Max versicherte dies und imitierte dabei sehr gekonnt erst einen schuldbewussten Gesichtsausdruck und dann ein freundliches Lächeln.

Schwester Gabi zeigte beim Versuch, ihre Enttäuschung zu verbergen lange nicht so viel schauspielerisches Talent.

Als Max aufstand, um Herrn Mosleimer zum Abschied die Hand zu reichen, musste er ein Lächeln nicht mehr künstlich erzeugen, er hatte gerade Herrn Bömmel und Angelika im Hof aus einem Taxi steigen sehen.

Angelika begrüßte Max strahlend:

„Es gibt gute Neuigkeiten. Erzähl ich dir gleich. Nimmst du Herrn Bömmel bitte mit auf sein Zimmer, dann kann ich noch schnell eine Kleinigkeit essen vor der Schicht. Danke! Bis gleich."

Max hakte Herrn Bömmel ein. Einhaken schien seine Kernkompetenz zu sein.

„Und, Herr Bömmel, wie war ihr Vormittag?"

„Schön, aber anstrengend. Wo mich Angelika alles hingeschleppt hat! Sogar eine neue Brille haben wir ausgesucht und einen Kaffee in einem gemütlichen Café getrunken. Der war sehr lecker, aber du hast mir gefehlt."

„Ganz ehrlich, Herr Bömmel: Sie haben mir auch gefehlt."

„Hattest du keinen schönen Vormittag?"

„Weniger. Mein Klassenlehrer war da und hat nachgehört, wie ich mich bisher als Praktikant so mache und Schwester Gabi hat kein gutes Haar an mir gelassen."

„Ist er noch da? Ich kann ihm viele hervorragende Haare über dich erzählen."

„Danke. Nein, er ist schon weg. Aber was hat denn der Neurologe nun gesagt?"

„Er hat viele Fragen gestellt und war glaub ich zufrieden mit mir, hat Blut abnehmen lassen und noch ein paar Untersuchungen in der nächsten Woche veranlasst. Also, seitdem ich dich kennengelernt habe, ist mein Leben einiges stressiger geworden."

„Ich stresse das Personal und die Bewohner. So ähnlich hat Schwester Gabi das auch kommuniziert. Passt schon."

„Ah. Da kommt das Mittagessen. Erzähl du mal von dir und gestern Nachmittag. Ich stand am Fenster und sah dich mit einem hübschen Mädchen wegfahren."

Herr Bömmel aß mit Genuss, während Max von Birte erzählte und dabei Herrn Bömmels Nachtisch verspeiste.

„Kennen Sie sich mit Frauen aus? War das wirklich schon ein guter Anfang? Und ... was soll ich als Nächstes tun?"

„Keine Ahnung. Heutzutage ist das glaub ich alles anders. Ich habe meine erste Freundin damals, aber das ist nun ja wirklich Jahrzehnte her, erobert, indem ich nachts Steinchen an ihr Fenster schmiss und als sie auf den Balkon kam, habe ich von unten ein Gedicht aufgesagt. Hast du *Cyrano von Bergerac* gelesen? Sehr inspirierend."

Das Gedicht fiel ihm allerdings leider nicht mehr ein.

Max nahm sich vor, am Abend den Film über Cyrano mit Gerard Depardieu anzuschauen, den er schon länger in der Watchlist hatte.

„Glaubt denn der Neurologe jetzt, dass Sie eine Demenz haben oder nicht?"

„Ich bin mir nicht sicher. Er war sich glaub ich auch nicht sicher. Ich war am Ende sehr erschöpft und habe nicht alles mitbekommen, was der Neurologe gesagt hat, aber das wird dir sowieso Angelika erzählen. Sie war ganz aufgeregt. Ich könnte jetzt ein Mittagsschläfchen gebrauchen. Dir einen schönen Feierabend!"

„Danke. Und Ihnen ein schönes Wochenende!"

„Oh. Schon Wochenende? Dann kommst du morgen nicht?"

„Nein."

„Schade. Wirklich schade."

„Aber am Montag komme ich mit frischem Kaffee. Versprochen."

„Wunderbar."

Max öffnete die Tür und sah beim Rausgehen auf dem Flur Birte, die ihm fröhlich zuwinkte. Leider hörte er gleichzeitig hinter sich die schrille Stimme einer mit Sicherheit nicht fröhlich winkenden Person:

„Wo hast du dich die ganze Zeit versteckt? Wieder vor der Arbeit gedrückt. Dein Lehrer ist ganz meiner Meinung: du bist ein durch und durch nutzloser Faulpelz, der in der Gosse landen wird, wenn er nicht endlich ein paar Manieren lernen tut!"

Sie bemerkte Birte und fauchte auch sie an:

„Was willst du hier?"

Birte sah Schwester Gabi erstaunt und dann Max etwas unsicher an.

War es ihr peinlich, dass sie ihn kannte?

Doch dann lächelte sie und wandte sich wieder Schwester Gabi zu:

„Ihnen auch einen schönen guten Tag! Sie müssen Schwester Gabi sein. Ich habe schon öfter von Ihrer außergewöhnlichen Höflichkeit, Ihrer lyrischen Sprache und Ihrer Begabung zu konstruktiver und aufbauender Kritik gehört." Sie streckte ihr die Hand entgegen.

Schwester Gabi wich zurück - „Das ... Du ... Was erlauben ... " - und verschwand im Dienstzimmer, nachdem sie noch gerufen hatte: „Max! Hierher! Sofort!"

Birte schüttelte ungläubig den Kopf: „Ich hoffe, ich habe dich nicht in Schwierigkeiten gebracht, aber die ist ja wohl völlig durchgeknallt!"

„Ach, selbst wenn: Du warst wunderbar! Ich bin mir allerdings nicht sicher, was Sie jetzt denkt, wer von uns beiden für den anderen der schlechtere Umgang ist."

Hinter Birte tauchte Angelika auf und kam strahlend auf Max zu.

„Allerhand, Herr Praktikant! Der Neurologe meinte, dass es gar nicht unwahrscheinlich sei, dass Herr Bömmel keine Demenz hat, sondern eine kräftige Schilddrüsenunterfunktion und Vitaminmangel. Und so durcheinander war er wahrscheinlich, weil er viel zu viel Beruhigungsmittel bekommen und viel zu wenig getrunken hatte. Die Blutwerte im Krankenhaus waren sehr schlecht, aber es hat sich keiner drum gekümmert. Ich finde, er ist heute noch wacher und klarer als gestern. Kein Vergleich zu den Wochen vorher. Seit er stilles Wasser auf dem Zimmer hat, trinkt er viel mehr als vorher. Du bist für uns alle eine Bereicherung, aber für Herrn Bömmel bist du ein Segen."

„Interessant, Herr Praktikant. Was hast du gossenendender nutzloser Faulpelz denn da angestellt?"

Birte schaute ihn mit großen, fragenden Augen an.

„Ja. Also."

Max sah unsicher Richtung Dienstzimmer.

„Hast du Zeit zum Erzählen oder soll ich auf unserer Bank warten?"

„Klar hat er Zeit!" Angelika war noch besser gelaunt als üblich. „Mach deine Pause, Max!"

„Ich hatte meine Pause schon und ich glaub, Schwester Gabi verliert den allerletzten Funken Hoffnung für mich, wenn ich jetzt noch eine mache."

„Aber Feierabend hast du heute noch nicht gemacht, oder?"

„Äh ... nein?"

„Gut. Dann schönen Feierabend euch beiden. Ich sag Gabi Bescheid, dass ich dich wegen besonderer Verdienste früher nach Hause geschickt habe. Und vergiss Gabis Hoffnungen für andere. Sie hat ein Problem, nicht du. Es ist nicht deine Aufgabe, Gabi zu retten. Du scheinst zur Rettung von jemand anderem hier zu sein und ich habe das Gefühl, dass du da sehr erfolgreich bist. Schönes Wochenende euch beiden!"

„Danke! Dir auch!"

Birte und Max schoben ihre Räder, um sich besser unterhalten zu können. Birtears flog beim Gehen nicht wirklich weg, aber Birte band ihn trotzdem zu und streifte diesmal noch länger Max' Nacken als beim letzten Mal.

Max erzählte, mit noch weicheren Knien als beim letzten Mal, von Bömmels Kaffee und wie er sich verändert hatte in den letzten Tagen. (Ein paar Begebenheiten am Anfang, die ihn nicht in gutem Licht dastehen lassen würden, ließ er dabei weg.)

Birte war angemessen beeindruckt.

„Wow! Und Schwester Gabi hat davon nichts mitbekommen? Was eine Hohlnuss!"

Max lästerte noch genussvoll über ihre schlimmsten Verfehlungen, merkte aber, dass Birte zunehmend häufig kurz traurig ins Leere starrte. Langweilte er sie? Ach, natürlich!

„Wie geht es deiner Oma?"

„Sie verkraftet es besser als ich. Sie sagt, sie habe ein sehr erfülltes Leben gehabt und wenn sie sterben müsse, dann werde sie glücklich und lebenssatt sterben."

Sie waren vor Birtes Haus angekommen.

„Willst du zur Abwechslung mit mir einen Kaffee trinken?"

„Sehr gerne."

Max sah sich in Birtes Zimmer um, während diese den Kaffee für sie beide machte. Alle geraden Wände mit deckenhohen Regalen voller Bücher und über hundert Schallplatten. An der Schräge, unter der das Bett stand, viele Poster, überwiegend

Tanzszenen, Flashdance, Fred Astaire, Gene Kelly sang tanzend im Regen. Eine Gitarre stand gegen den Schreibtisch gelehnt, auf dem Birtes Praktikumsmappe lag, in die sie schon viel geschrieben zu haben schien. Eine große Glastür zu einem kleinen Balkon. Was hatte Herr Bömmel erzählt? Ein Gedicht unter dem Balkon? Immerhin lag dieser nicht direkt zur Straße, eher abgelegen, aber ... welches Gedicht? Und, war das wirklich eine gute Idee? Weder Herr Bömmel noch Romeo waren mit dieser Taktik langfristig erfolgreich gewesen.

Max blätterte durch die Platten und versuchte sich ihren Musikgeschmack zu merken.

„Milch oder Zucker?", fragte Birte.

„Etwas Milch, bitte."

„Jo. So trink ich ihn auch."

„Man könnte den Eindruck gewinnen, dass du gerne liest."

„Du etwa nicht?"

„Doch, doch."

„Wer ist dein Lieblingsschriftsteller?"

„Stanislaw Lem."

Birte sah ihn freudig überrascht an: „Fabelhaft."

Sie tauschten sich über ihre Lieblingsschriftsteller*innen und Musik aus und Birte war noch aufgedrehter als sonst, als sie feststellten, dass es viele Überschneidungen gab. Max war darüber auch sehr froh, noch angenehmer empfand er es, dass sie beim Auf- und Abgehen vor den Regalen oft leicht mit den Schultern kollidierten.

„Wozu machst du eigentlich ein Praktikum in der Bibliothek? Du kennst doch schon alle Bücher."

Birte grinste: „Tatsächlich bereue ich es inzwischen. Die Leiterin ist zwar nicht so schlimm wie deine Schwester Gabi, aber ich habe das Gefühl, sie mag keine Bücher. Und vor allem:

69

ich habe mir meine Zukunft ruiniert. Ich werde bis zum Lebensende nicht zum Arbeiten, Heiraten, Kinderkriegen oder ähnlichem kommen. Meine Liste von Büchern, die ich noch lesen muss, ist innerhalb einer Woche von knapp dreißig auf über zweihundert angeschwollen. Und das sind ja nur die, die ich bisher noch nicht gelesen habe. Dann gibt es noch gut zwanzig Lieblingsbücher, die ich am liebsten jedes Jahr noch einmal lesen möchte. Ein Jahresende ohne Weihnachten wäre nicht so schlimm wie ein Winter ohne alle sieben Potter im Original mit heißem Kakao vor dem Kamin."

„Du liest irre viel, gehst methodisch und gut sortiert an den Praktikumsbericht ran. Wären die Filme noch nicht gedreht – du könntest dich als Hermine bewerben."

Birte strahlte, leicht errötet: „Das sehe ich auch so. Aber ... Emma Watson war auch nicht soooo schlecht. Apropos Praktikumsmappe – sollen wir zusammen was schreiben, dann haben wir das für heute hinter uns und haben wirklich Wochenende. Hast du deine Mappe mit?"

„Äh ... nein. Nimmst du deine etwa mit zur Arbeit?"

„Klar. Wurde uns doch empfohlen. Immer zwischendurch Notizen machen. Oft hat man zuhause ja schon die Hälfte vergessen. Hier, nimm einen Block und mach dir schon mal Notizen. Heute ist Halbzeit. Also Zeit für das Zwischenfazit."

Zwischenfazit? Max erinnerte sich dumpf, dass irgendwer von irgendsowas irgendetwas gesagt hatte. Da waren viele Empfehlungen für die Mappe gewesen, die man möglichst eine Woche vorher anlegen sollte und nicht wie er, nach einer Woche endlich beginnen. Sein Blick fiel noch einmal auf die Harry Potter Reihe. Er kam mit seinem fehlenden Arbeitseifer Ron Weasley ziemlich nah, Birte verkörperte Hermine sogar noch überzeugender. Am Ende des siebten Buches waren die beiden zusammen und hatten zwei Kinder.

„Hast du eigentlich bisher mehr pro oder mehr contra?"

Max schrak aus sehr verwirrenden Träumen hoch. Birte sprach schon weiter.

„Ich mehr contra. Hauptsächlich wegen der Zerstörung meiner Zukunft durch zu viele neue Bücher. Und du?"

„Da müsste ich noch mal nachsehen."

„Ach ja. Hast du denn schon eine Idee für ein Zwischenfazit?"

„Vielleicht: Ich wusste vorher, dass ich von den meisten Dingen im Leben keine Ahnung habe und jetzt weiß ich, dass ich von noch viel mehr Dingen keine Ahnung habe."

„Fabelhaft."

Birte sah ihn auf eine Weise an, wie sie ihn noch nie angesehen hatte, als würde sie ihn das erste Mal scharf sehen und sei überrascht.

„Ich wünschte, das wäre mir eingefallen", murmelte sie, während sie sich selbst wieder auf ihre Mappe konzentrierte, nachdenklich am Stift saugend.

Wow!, dachte Max ganz leise und vorsichtig, damit sie es nicht mitbekam: Ron hat Hermine das erste Mal wirklich beeindruckt.

Hilfreich beim Notizen machen war das allerdings nicht. Er setzte mehrmals an, erwischte sich aber immer wieder dabei, dass er mitten im Satz aufgehört hatte und seine Gedanken unter ihren Balkon abgedriftet waren. Überrascht bemerkte Max beim vierten Mal, dass Birte nicht wie erwartet konzentriert schrieb, sondern auch längere Zeit aus dem Fenster sah. Dachte sie an ihre Oma? Oder womöglich ... auch an sie beide? Waren ihre Gedanken auf den Balkon abgedriftet und unterhielten sich mit seinen Gedanken unten? Oder auch an Ron und Hermine? Wer hatte bei denen eigentlich die Initiative für den ersten Kuss ergriffen?

Unten war das Zuschlagen einer Autotür zu hören.

„Oh. Mist. Meine Mutter. Schade. Bist du fertig? Ich auch."

Birte legte ihren Stift weg und sah Max ähnlich verwirrt an, wie er sich fühlte. Sammelte sie womöglich auch gerade all ihren Mut, um ihn zu küssen?

Eher nicht. Ihre Augen sahen so aus, aber der Rest ... immerhin legte sie noch einmal ihre Hand auf seinen Unterarm.

„Es tut mir leid, aber ich muss dich rausschmeißen. Ich habe meiner Mutter versprochen, ihr beim Kuchenbacken und Geschenke einpacken zu helfen. Wir fahren morgen zu meiner anderen Oma, die hat Geburtstag. Es war ... Ich hab mich sehr gefreut, dass du hier warst. Ich ..."

Von unten rief Birtes Mutter. „Ich bin zuhause!"

„Sollen wir nächsten Freitag wieder zusammen am Bericht schreiben?", fragte Max.

„Das wäre toll."

Max merkte, dass das nicht ausreichend war.

„Aber ... sollen wir uns nicht vorher schon ... Könnte ich vielleicht am Wochenende noch einmal für ein Käffchen bei dir vorbeikommen? Oder für einen Spaziergang? Ich könnte dir auf der Gitarre etwas vorspielen."

„Das würde mich freuen." Birte lächelte. „Sehr sogar."

„Morgen?"

„Besser am Sonntag. Sechzehn Uhr?"

„Ich werde da sein."

„Wunderbar. Wenigstens etwas, auf das ich mich an diesem Wochenende freuen kann."

Von unten war wieder Birtes Mutter zu hören: „Birte? Bist du da?"

„Ja! Ich komme gleich!"

Birte seufzte.

„Max ... schön, dass du hier warst. Ich freu mich sehr auf übermorgen."

Birte kam ihm sehr nah. Wollte sie ...? Ah, natürlich. Sie band ihm den Schal zu. Ihre Hand lange auf seinem Nacken, die andere Hand auf seinem linken Unterarm, ihr Gesicht keine zehn Zentimeter vor seinem.

Das wäre die Gelegenheit. Oder nicht? Jetzt. Mach es jetzt! Aber wie? Wo soll ich meine Hand ... und da waren ihre Hände schon wieder weg und Max schluckte, schaffte es immerhin, Birte zum Abschied kurz zu umarmen.

Da wäre noch so viel mehr gewesen.

Am Abend sah sich Max *Cyrano de Bergerac* an und erkor ihn spontan zu seinem neuen Lieblingsfilm.

Die Stelle mit dem ständigen „Nein, vielen Dank!" hatte er sich gleich dreimal hintereinander angesehen und kannte sie nun auswendig. Er brannte förmlich auf eine Gelegenheit, sie voller Inbrunst vorzutragen. Vielleicht in abgewandelter Form, wenn er von Herrn Mosleimer das Abi-Zeugnis überreicht bekommen würde und der garantiert wieder irgendeinen unbrauchbaren Mist über die nun folgende Ernsthaftigkeit des Lebens von sich geben würde.

Das anfangs berauschende Gefühl, Cyrano in vielem sehr ähnlich zu sein, einen Seelenverwandten gefunden zu haben, verflog jedoch größtenteils bei der Erkenntnis, dass sie sich zwar bei ihrer Abneigung gegen das Eingefahrene und Normale ähnelten, aber noch viel mehr beim mangelnden Selbstbewusstsein in Bezug auf ihre Angebeteten.

Ich benötige nicht mal eine zu große Nase, um mich hinter Selbstzweifeln zu verstecken, bis es zu spät ist.

Ich will auch so eine grandiose Musik bei meinem Tod wie du, guter Freund, aber vorher will ich erfolgreicher sein als du!

Es genauso verkacken? Nein, vielen Dank!

Als er sich fürs Bett umzog, versuchte Max mehrmals den Schal auszuziehen, aber es gelang ihm nicht. Er spürte Birtes Hand auf seinem Nacken, seinem Unterarm.

Er schlief tief und träumte wunderbar.

6. Tag

Was hätte Max am ersten Praktikumstag dafür gegeben, zum Wochenende vorspringen zu können. Der Samstagmorgen war ihm als Paradies der Ruhe am noch sehr weit entfernten Horizont erschienen. Nun saß er in der Küche und trank Kaffee und hätte lieber mit Herrn Bömmel in dessen Zimmer gesessen. Der sprach zwar auch nicht viel, aber das Schweigen mit ihm war entspannt.

Da morgen Wolfgang, der Stiefvater seiner Mutter, zu Besuch kam und dafür alles glänzen musste, unterschied sich dieser Vormittag gar nicht so sehr von seiner Arbeit im Heim:

Wäsche und Müll wegräumen, Schuhe putzen, Staubsaugen und Fegen.

Ein Samstag wie er sich in einem guten deutschen Haushalt gehört.

Ein anfänglicher Versuch, sich mit dem Hinweis darauf, wie viel er in der letzten Woche schon im Heim geputzt und aufgeräumt hatte, vor der Arbeit zu drücken, wurde mit einem emotionslosen Hinweis darauf, wie viel Geld er von seinem Opa zum Geburtstag bekam, beerdigt.

Anfangs half ihm noch die Vorfreude auf morgen, die aber ziemlich schnell von der üblichen Unsicherheit übertönt wurde:

Wie weit sollte er gehen? Und wie vorgehen, forsch und cool oder eher weiter zurückhaltend und verständnisvoll, wo sie gerade eine so schwere Zeit hatte. Sollte er deswegen auch ihr überlassen, ob ein Kuss dran war oder nicht? Andererseits: War in melancholischen Zeiten forsch und cool nicht die bessere Ablenkung? Gleich am Anfang küssen? War nicht ihre Nähe beim Schalzubinden eine Aufforderung, ihr *sehr sogar* schon ein deutliches Ja! gewesen?

Ein Blick zu seinem Vater, der in der Einfahrt das Auto putzte. Weder ihn noch seine Mutter konnte er in Beziehungsfragen gebrauchen, außer vielleicht Tipps dafür, wie man eine Beziehung krachend vor die Wand fahren kann und anschließend noch Jahrzehnte im zerstörten Wagen sitzen bleibt, über die Schuldfrage diskutiert und sich abwechselnd anschreit und anschweigt. Schreien war es in Wirklichkeit gar nicht, aber die gekünstelt netten Sachen, die sie sich sagten, waren schreiend verlogen, ohne Wärme, ohne Zärtlichkeit, keine Berührung.

Birtes Berührung an seinem Arm und Nacken ... warm ... zärtlich ...

Max versank eine längere Weile in warme und zärtliche Gedanken, die immer mit „..." endeten.

Die würden Birte nicht gefallen. Inhaltlich hoffentlich schon, aber semantisch oder wie das hieß wohl kaum: Pünktchen am Ende eines Satzes kommen in ernsthafter Literatur nicht vor. Hatte jedenfalls sein Deutschlehrer gesagt und seine sonst gelungene Kurzgeschichte mit viel Rot verunstaltet und abgewertet. Der blöde ...

„Hast du schon nach meinem Laptop geschaut? Heute musst du doch keinen Praktikumsbericht schreiben."

Max sah seinen Vater fassungslos an. *Hallo? Ich mache hier seit zwei Stunden völlig spaßfreie Sklavenarbeit!*

„Nein. Ich ... Mach ich gleich, ich muss erst die Straße fegen."

Jetzt schaute auch noch seine Mutter rein.

„Hast du schon deine Fingernägel geschnitten?"

„Ja!"

Hatte Max tatsächlich, schon vorgestern. Allerdings nicht wegen Opa Wolfgang.

Der Rest der Hausarbeit war schon ätzend, aber wenigstens sah ihn dabei niemand. Straße fegen: uncooler ging es nicht. Öffentlich zur Schau stellen, dass man mit siebzehn immer noch machte, was die Eltern sagten. Der Coole, der mit der Weste, dem Schal und Ohrstecker war er gerade nicht. Wenn Birte ihn sehen würde: was für ein Weichei!

Max sah sich mehrmals in der Minute um, um sich rechtzeitig verstecken zu können, falls sie zufällig vorbeikäme.

Er hatte gerade allen Straßenschmutz auf einem Haufen zusammengekehrt, als aus dem Nichts ein kräftiger Wind aufkam, der die Hälfte des Haufens wieder auf dem Bürgersteig verteilte. Der anschließende Schauer war zwar keine halbe Minute lang, aber nun klebte der ganze Schmutz auf dem Asphalt und wurde durch den kurz darauf folgenden Hagelschauer nicht wesentlich gelockert. Als er endlich fertig war, kam die Sonne wieder hinter den Wolken hervor und lachte über Max. Falls er demnächst auch noch Petrus begegnen sollte, hätte er ein paar bittere Beschwerden über dessen Wahrnehmung seines Wetterjobs vorzubringen.

Statt Petrus begegnete er seinem Vater, der wieder wegen des Laptops nervte. Max gab vor, sein Fahrrad putzen und reparieren zu müssen, obwohl er das vorgestern schon getan hatte. Nach sehr theatralischem Reparieren machte er eine Probefahrt, die zufällig an Birtes Haus vorbeiführte, die nach weiteren kleinen vorgetäuschten Reparaturen zwölfmal an Birtes Haus vorbeiführte, bis sie endlich wie erhofft aus dem Haus kam.

„Hi Max! Was machst du hier?"

„Ich wollte eigentlich unter dein Fenster gehen, Steinchen schmeißen, ein Gedicht aufsagen, wenn du auf den Balkon gekommen bist und dann hoch zu dir und in dein Herz klettern."

Max grinste übertrieben und hoffte sehr, dass sie nicht raushören konnte, dass das nicht nur ein Scherz, sondern ziemlich genau sein Plan war.

„Steinchen schmeißen und ein Gedicht aufsagen? Der letzte noch lebende Oldschool-Gentleman. Ist das heutzutage nicht ein bisschen wenig bei all den Möglichkeiten, die die moderne Romantik bietet? Nicht eher eine Band, die live Musik spielt, während du tanzend das Gedicht aufsagst; am Ende ein Feuerwerk und ein Schwarm Vögel die freigelassen werden? Und natürlich rote Rosen statt Steinchen. Tss. Was glaubt er denn, wie leicht ich zu haben sei?"

Max wünschte, er wäre zuhause und würde das Laptop reparieren. Davon hatte er Ahnung.

Birte lachte.

„Du glaubst nicht im Ernst, dass ich das so meine, oder?"

„Natürlich nicht", log Max.

„Gut. Ich liebe Gedichte. Rote Rosen mag ich weniger, Schnittblumen sind nicht so meins, eher eine Blume im Topf, davon hat man länger etwas. Zum gegen die Scheibe schmeißen sind sie allerdings tatsächlich nicht so ..."

„Birte! Können wir los? Wir sind spät dran!"

Birtes Eltern waren aus der Haustür gekommen und gingen zügig Richtung Auto.

„...aber heute Abend brauchst du gar keine Gegenstände mehr gegen mein Fenster werfen. Ich bin nicht da. Wir sind bis morgen Mittag bei meiner anderen Oma. Aber morgen um vier kommst du doch vorbei, oder?"

„Klar!"

„Ich freu mich."

Bevor Birte zum Auto ging, band sie Birtears fest und berührte dabei wieder angenehm seinen Hinterkopf.

Max sah Birte nach. Ihre Eltern winkten ihm vom Auto aus zu. Sie wirkten sehr innig, wie immer.

Zuhause wartete sein Vater auf ihn. Dabei war Max auf dem Rückweg ein wirklich brauchbarer Anfang für ein Gedicht eingefallen. Aber es machte keinen Sinn, sich ans Gedichtschreiben zu setzen, wenn sein Vater alle paar Minuten reinkommen würde. Er war das Gegenteil einer Muse.

Max baute das Laptop auseinander, zeigte seinem Vater das Ergebnis und verkündete wahrheitsgemäß, dass es besser sei, wenn er es über Nacht trocknen ließe und morgen nach dem Mittagessen mit der Reparatur beginnen würde. Wahrheitsgemäß im Sinne von: Es war besser für Max: So konnte er zum einen morgen Nachmittag mit einer akzeptierten Entschuldigung dem obligatorischen Kaffeetrinken mit Opa Wolfgang entgehen und zum anderen hatte er jetzt Zeit, um ein Gedicht für Birte zu schreiben.

Dagegen war jedes Referat oder die vierseitige Interpretation eines Klassikers ein Kinderspiel. *Scheiße, war das schwer!* Max zerknüllte wieder ein Blatt und warf es sicher in den Korb in der gegenüberliegenden Ecke seines Zimmers. Wenn seine Worte nur ähnlich treffend wären!

Wörter, die sich reimen, gab es wie Sand am Strand und mehrere Seiten im Internet halfen mit Synonymen und Rechtschreibprüfung. Das konnte doch nicht so schwer sein!

Die meisten klassischen Gedichte hatten bisher für ihn nach Müll geklungen, geschrieben von unbegabten Leuten, die entweder nichts zu sagen hatten oder es nicht konnten. Aber was er selbst bisher verbrochen hatte ... das würde weder seinen Deutschlehrer zufriedenstellen noch das Herz der Angebeteten auf dem Balkon berühren.

Andererseits konnte sich Max auch nicht vorstellen, wie Friedrich Schiller das gemacht hatte. Mit der *Glocke* hatte er bestimmt kein Frauenherz erobert. Hatte er vielleicht auch Brauchbares gedichtet? Wurde ihnen das in der Schule vorenthalten? Oder hatte Schiller das nicht veröffentlicht, damit nicht womöglich ein Nebenbuhler davon profitierte? Oder verschwiegen die Lehrer das aus ähnlichen Gründen? Langweilten die Schüler zu Tode mit der *Glocke* und selbst nutzten sie die wirklich guten Gedichte?

Stand Herr Mosleimer womöglich gerade bei Birte unter dem Balkon und eroberte mit einem von Schillers coolen Gedichten ihr Herz? Ach, sie war ja nicht da. Gott sei Dank!

Immerhin war Herr Mosleimer keine Anti-Muse. Zwar keine Hilfe beim Schreiben eines romantischen Gedichts, aber ein gelungenes und leidenschaftliches Hassgedicht auf Herrn Mosleimer fiel Max sofort ein. Das Blatt zerknüllte er nicht, sondern legte es beiseite.

Danach schien seine Kreativität erschöpft eine Pause zu machen.

Max erwischte sich immer wieder dabei, dass er ohne jeglichen Gedanken ins Leere starrte.

Ich schlage Zeit nicht tot; ich sitze so lange schweigend neben ihr, bis sie vor Langeweile einschläft, für immer.

Das war immerhin poetisch, aber halt nicht mal in der Nähe eines brauchbaren Gedichts.

Da waren Gedichte im Unterricht gewesen, die den Mädels gefallen hatten, einige hatten sogar öfter geseufzt, meistens an völlig bescheuerten Stellen. *Es war, als hätte der Himmel die Erde geküsst.* Was für ein Müll!

Er küsste gerade wieder, der Himmel, die Erde. Ein sehr feuchter Kuss, schon seit Stunden, immer wieder.

Heute wäre Stehen unter dem Balkon nicht gerade angenehm gewesen.

Andererseits womöglich eine erfolgversprechende Taktik. Ein berührendes Gedicht würde ihm in den nächsten Jahren wohl nicht gelingen, aber wenn er regendurchnässt und frierend unter dem Balkon stände, vielleicht würde Birte ihn aus Mitleid rein bitten?

Einfach ein berühmtes Gedicht abändern? Das hatte in einem Film neulich angeblich funktioniert. Also *Die Glocke* umschreiben:

Festgemauert in dem Becken
steht meine Form aus Hormonen gebrannt,

heute muss die Entjungferung werden,

frisch Gesellin, sei zur Hand.

Von der Stirne heiß,

rinnen muss der Schweiß,

soll das Weib den Macker loben,

kommt der Sex nicht nur von oben.

Cyrano war das jetzt nicht gerade.

Max sah aus dem Fenster. Der Himmel küsste die Erde immer noch voller Leidenschaft. Waren demnach die Pfützen auf der Einfahrt Knutschflecken?

War diese Frage jetzt poetisch oder nur Unsinn? Der Unterschied war oft nicht leicht zu erkennen.

In dein Zimmer rein mich lass,

denn ich bin schon klitschenass.

Vielleicht bist du ja auch schon ...

Nein! Konzentrieren!

Ich bin so kalt und durchgefroren,

ohne dich bin ich verloren.

Nimm mich fest in deinen Arm

denn dann bin ich wieder warm.

Das Beste, was er bisher zusammenbekommen hatte, aber trotzdem hörte er hinter sich Goethe und Schiller schallend lachen.

Die Liebe meines Lebens,

sucht ich bisher vergebens

Nun hab ich dich gefunden

Mein Kuss, der wird dir munden.

Nein, heute würde das nichts werden. Hoffentlich fiel Herr Bömmel sein Gedicht wieder ein.

Auch auf den heutigen Samstagabend hatte sich Max vor einer Woche noch deutlich mehr gefreut als jetzt, wo er sich für die Geburtstagsfeier seines Klassenkameraden Julius umzog. In einer vollen, lauten Kneipe sitzen, sich auf Kosten eines anderen volllaufen zu lassen und dabei über das Praktikum und Mädels zu lästern ... gut, der Mittelteil war immer noch in Ordnung, aber das Praktikum und das Thema Mädels entwickelte sich eigentlich gerade in eine Richtung, zu der Lästern irgendwie nicht passte, jedenfalls nicht das komplett niveaulose Lästern, zu dem Julius und vor allem dessen bester Freund Norbert neigten.

Max war schon aus dem Zimmer, als ihm auffiel, dass er vergessen hatte, ein Geschenk für Julius zu besorgen. Noch mal zurück. Das passierte ihm häufiger. Wenn das Geburtstagskind ein Mädchen war, konnte er immer spontan ein Buch aus seinem Bücherregal nehmen, aber für Julius? Konnte der lesen? Ganze Texte? Sinnverstehend?

Er kannte Julius nur sehr oberflächlich, eigentlich nur von den Treffen mit den üblichen Jungs und dann ging es mit etwas Glück eine Zeit lang um Fußball, aber irgendwann halt nur noch darum, über Schule und Mädels zu lästern und mit angeblichen Heldentaten in beiden Bereichen zu prahlen.

Mädels. An meiner Penthouse-Sammlung wäre er sicher interessiert.

Aber die Hefte konnte man nicht so leicht nachkaufen wie die Bücher im Regal. Alte Penthouse-Hefte kosteten ein Vermögen!

Musik? Er hatte keine Ahnung, was Julius gerne hörte und noch weniger davon, welche Platten er schon hatte.

Ob es überhaupt auffallen würde, wenn Max nichts mitbrachte? Wahrscheinlich nicht. Julius hatte bestimmt schon fleißig vorgeglüht. Max machte die Zimmertür zu.

„Tschau! Ich bin bei der Geburtstagsfeier von Julius."

„Oh ja. Wie schön. Viel Spaß!"

Seine Mutter sah mit erröteten Wangen von ihrem Laptop hoch. Chattete sie wieder mit Dexter, ihrer großen Jugendliebe? Oder nur mit dem Verkäufer, in den sie ein bisschen verknallt war? Wie hieß der noch?

Sein Vater, den diese Fragen deutlich mehr hätten interessieren sollen als Max, sah weder das noch Max an, sondern weiter zum Fernseher, immerhin auch „Viel Spaß ..." murmelnd.

So unterschiedlich seine Eltern im Vergleich zu Julius in fast allen Dingen waren, die Oberflächlichkeit der Konversation war verblüffend identisch. Was Max auf eine unerwartete Idee brachte: Seine Eltern hatten bestimmt ein passendes Geschenk für Julius.

Max griff in das Bücherregal seiner Mutter und nahm eines der gefühlt tausend *My Weekly*-Heftchen heraus. Das Titelbild durchaus nicht unähnlich seiner Penthouse-Sammlung. Vielleicht auch noch eine Rosamunde Pilcher DVD? Ja. Und das rosa Geschenkpapier!

Auf den Abend insgesamt freute sich Max immer noch nicht, aber auf Julius' Gesicht beim Überreichen und Öffnen des Geschenks jetzt doch sehr.

Julius war allerdings schon zu betrunken, um noch angemessen empört oder belustigt auf die Geschenke zu reagieren.

Die hübsche Bedienung jedoch lachte schallend, als sie mit einer Runde Bier an den Tisch kam und zwinkerte Max mit erhobenem Daumen zu.

Das blieb für längere Zeit das einzig Erbauliche an diesem Abend. Die beiden Jungs, mit denen er wenigstens über ein Thema – Fußball, also St. Pauli – ordentlich hätte reden können, waren nicht gekommen und die anderen sieben betrunkenen Jungs schafften es ohne Mühe aufrecht unter der sehr niedrig hängenden Latte seiner Erwartungen durchzulaufen.

Max erwischte sich zwischendurch dabei, wie er abwesend zur Theke starrte und im Kopf Sätze für den Praktikumsbericht formulierte. Ihn interessierten momentan eigentlich nur Bömmel und Birte und beides keine Themen, über die er mit diesen Personen hier reden wollte.

„Ey Max, du starrst schon wieder so versonnen zur Theke. Ich glaub, bei der Bedienung hättest du gute Chancen. Die hat schon ein paar Mal zu dir rüber gelächelt."

Das war Max nicht unangenehm, das Thema schon.

„Max ist doch hinter dieser Birgit her."

„Birte."

„Die, die immer mit einem Buch unterm Arm rumläuft?"

„Aber das ist doch kein Hinderungsgrund auch noch hinter anderen her zu sein!"

„Außerdem hat er bei der keine Chance. Das haben schon andere Kaliber versucht. Die ist unknackbar, selbst Norbert kam bei ihr nicht zum Zug."

„Weswegen sollte ich auch? Die ist gar nicht mein Typ."

„Aber du hast doch gesagt, du würdest sie als nächste ..."

„Nein."

„Wahrscheinlich ist sie lesbisch."

„Um bei der eine Chance zu haben, müsstest du Roman mit Vornamen heißen!"

Alle lachten schallend, bis auf den Widerstandskämpfer, der sich bei dem Gedanken erwischte, dass er jetzt lieber die Straße fegen würde.

„Ihr Lieblingsregisseur ist bestimmt Roman Polanski."

Max ging auf Toilette und hoffte, dass sich das Thema gelegt haben würde, wenn er wieder da war. Ohne eine ernsthafte Menge Alkohol war dieser Abend nicht zu überstehen.

Auch Norbert kam nun auf Toilette, sah dabei überhaupt nicht gut gelaunt aus.

Als Max zum Tisch zurückkam, wurde dort gerade wild über Norbert gelästert, da sich alle sicher waren, dass er sogar sehr scharf auf Birte gewesen sei und mehrere Versuche fehlgeschlagen waren.

„Max. Du bist doch auch eher so ein Stiller."

„Ich bin nicht Stiller."

„Hä?"

Julius schien das Buch von Max' Namensvetter nicht zu kennen. Birte hätte den Gag verstanden. Max seufzte.

„Vergiss es. Was wolltest du sagen?"

„Na. Vielleicht hast du mit deiner Art bei ihr sogar Chancen. Du hast doch in der Theater-AG bei Romulus und Julia mitgespielt."

„Oh Julia, ich heiße Romeo, nicht Romulus."

„Hä?"

„Vergiss es. Ich war bei der Aufführung allerdings der Apotheker und nicht Romeo."

„Egal. Stell dich unter ihren Balkon und sag irgendein Gedicht auf."

Max war verunsichert: Hatte Julius ausnahmsweise mal einen vernünftigen Gedanken oder war sein eigener, fast identischer Gedanke etwa völlig unsinnig und realitätsfremd, wie fast alles, was Julius sonst zu sagen pflegte?

„Den Gedanken hatte ich tatsächlich auch schon, aber ein Gedicht schreiben ist ganz schön schwierig."

„Du musst doch nichts selbst eins schreiben. Es gibt doch schon welche."

„Ich fürchte, die Guten kennt sie alle schon."

„Dann nimm einfach irgendeins von einem völlig Unbekannten. Das merkt die doch nicht."

„Die völlig Unbekannten sind meistens völlig unbekannt, weil ihre Gedichte grottenschlecht sind. Und nebenbei: welche Art von Gedicht?"

„Hä? Na, irgendein Gedicht halt. Ist das nicht alles das Gleiche?"

„Äh ... Nein! Wenn du von deiner Angebeteten nur wüsstest, dass sie Musik mag, würde es auch nicht helfen, irgendein Stück einer unbekannten Band vorzuspielen. Zum einen müsste es etwas besonders Gutes sein, was bei unbekannten Bands nicht gerade wahrscheinlich ist und dann würde es halt doch einen Unterschied machen, ob du Abba oder AC/DC nimmst, was womöglich andererseits auch wieder egal wäre, falls sie nur auf Klassik steht. Du siehst, es ist kompliziert."

„Aber Abba und AC/DC sind doch keine unbekannten Bands."

„Vergiss es!"

„Wirklich. Die kennt sogar meine Mudder."

„Ich weiß. Ich habe dich verstanden." Nur für sein Bierglas hörbar murmelte er: „Er mich eher nicht."

Das Bierglas war an diesem Tisch eindeutig der erträglichste und kompetenteste Gesprächspartner.

Endlich wurde wieder über Schule gelästert, aber als Norbert von der Toilette zurückkam, fing Julius doch noch mal an.

„Weißt du nicht ein Gedicht für Max, damit er Julia erobern kann?"

„Ein Gedicht?" Norbert sah Max ungläubig an. „Nicht dein Ernst! Du kannst dich doch nicht auf das Weiberniveau herablassen. Nachher strickt ihr noch zusammen! Die will einen echten Kerl, kein Weichei. Mach klar, dass du ein Mann bist, ein toller Hecht. Denn besser als Stricken ist Ficken."

Norbert lachte schallend über das, was er für einen guten Witz oder gar ein Gedicht hielt.

Die Bedienung stellte ihnen jeweils ein neues Bier hin und sah dann Max an.

„Also ich würde ein Gedicht bevorzugen und käme danach bestimmt nicht auf die Idee, mit dir zu stricken."

Sie zwinkerte Max zu und ging wieder zum Tresen.

„Hat die uns belauscht?"

„Dich muss man nicht belauschen. Du sprichst schon seit mehreren Bieren in einer Lautstärke, dass auch die Passanten draußen alles hören können."

„Ich bin ein Mann! Was haben wir über soziale Kompetenz gelernt: Sicheres Auftreten bedeutet laut und deutlich sprechen. Jedenfalls: Bei der hast du, sogar mit dieser komischen Masche, Chancen. Leg los, Mäxchen! Und wenn es sein muss, halt mit einem Gedicht."

Max sah kurz zu der Bedienung, der sehr hübschen Bedienung, die still und unergründlich lächelte, während sie auf das sich füllende Bierglas vor ihr sah.

„Du weißt noch, dass es mir um Birte ging?"

„Ja. Aber das wäre doch eine gute Gelegenheit zum Üben. Vielleicht bekommst du sogar beide rum. Ein flotter Dreier kann richtig cool sein. Wobei ich bisher nur ..."

Max stand abrupt auf und ging noch einmal zur Toilette, um diese Erzählung von dem angeblichen Sandwich nicht noch einmal hören zu müssen.

Wieso nur hatte er keine wirklichen Freunde, die einem für die wichtigen Fragen im Leben brauchbare Tipps geben konnten?

Sein Spiegelbild zuckte ratlos mit den Schultern.

Als er zurück zum Tisch gehen wollte, fing ihn die Bedienung ab:

„Ich bin glücklich vergeben, benötige also kein Gedicht oder sonstiges von dir. Aber: Mach es! Mein Freund hat mein Herz mit Rilkes *Panther* erobert, den er in Münster vor dem Pantherkäfig ungefragt rezitierte und noch schöner war später Hesses *Stufen* nachts auf den Rheinstufen in Köln mit Blick auf den Dom."

„Du meinst, ein Gedicht klauen ist in Ordnung?"

„Ich würde es eher anwenden nennen. Jo. Es sollte natürlich ein richtig Gutes sein. Für mich war das jedenfalls mehr als in Ordnung. Und es ist ja nicht das Gedicht allein. Die Stimme und die Art, wie er sich dabei bewegte ... "

„Den Panther kenne ich von der Theater-AG. Das könnte ich versuchen."

„Du kannst den auswendig?"

„Ja. Gedichte kann ich mir gut merken. Ich brauche sie meistens nur einmal durchlesen. Von *Stufen* habe ich noch nie gehört. Von wem ist das?"

„Hermann Hesse. Setz dich kurz."

Max setzte sich und die hübsche Unbekannte, die ihm irgendwie schon sehr vertraut war, jedenfalls deutlich vertrauter als Norbert und die anderen da hinten, sagte mit einer angenehm warmen Stimme das ihm bis dahin noch unbekannte Gedicht auf.

Das war gut, richtig gut, besonders der erste Teil.

„Ich drück dir die Daumen. Ich glaub, du hast gute Chancen."

Max sah sie unsicher an.

„Ich weiß nicht."

„Ich glaube schon. Jedenfalls deutlich bessere als dein Sitznachbar. So wie der über seinen angeblichen Dreier erzählt, bin ich mir sicher, dass das ein Dreier von ihm, seiner rechten Hand und einem ziemlich schlechten Pornofilm war. Nicht so sicher bin ich mir, dass er überhaupt schon mal richtigen Sex hatte, also einvernehmlichen Sex, für den er nicht bezahlen musste."

Sie lächelte und zwinkerte ihm noch einmal zu, bevor sie wieder hinter der Theke verschwand.

„Habt ihr es direkt auf der Toilette getrieben? Ich hab dir doch gleich gesagt, die steht auf dich! Mensch Mäxchen, das hab ich dir gar nicht zugetraut. Du bist voll der Womanizer! Hahaha ..."

„Genau Norbert. Und davon bin ich jetzt erschöpft. Julius, feire noch schön. Ich geh nach Hause."

„Nicht erst noch eine Zigarette und ein Bier danach?"

„Nein. Ich muss. Macht's gut, aber besser nicht mehr zu lange!"

„Ich brauche eigentlich nie sehr lange! Hahaha ..."

Max gab der Bedienung ein großzügiges Trinkgeld und entschuldigte sich für seine Geschlechtsgenossen.

89

„Ich habe schon Schlimmere überlebt, aber schön, dass du mit dabei warst. Viel Erfolg!"

7. Tag

„In Lukas neun, Vers dreiundzwanzig spricht Jesus zu uns: Wer mir folgen will, der verleugne sich selbst und nehme sein Kreuz auf sich täglich und folge mir nach. Denn wer sein Leben erhalten will, der wird es verlieren; wer aber sein Leben verliert um meinetwillen, der wird's erhalten."

Max saß, um des gefakten Familienfriedens und seines Bankkontos willen Sonntagmorgen mit seinen Eltern und dem Stiefvater seiner Mutter im Gottesdienst.

Sie waren dort sonst fast noch nie gewesen – Gott sei Dank! – aber Wolfgang glaubte, sie würden jeden Sonntag in die Kirche gehen. Da sie weder auf seine aktuellen Zuwendungen noch auf das spätere Erbe verzichten wollten, spielten sie jedes Mal heile Welt, wenn er, zum Glück nur ein oder zweimal im Jahr, bei ihnen war.

„Zwar stehen unsere Füße noch auf der Erde. Wir gehen hier noch unseren Geschäften nach. Aber unser Herz sollen wir nicht daran hängen. Unser Herz soll im Himmel sein. ‚Wir trachten nach dem was droben ist, das Christus ist, nicht nach dem, was auf Erden ist‘ schreibt Paulus an die Kolosser. So wollen auch wir mit ganzem Ernst ihm nachfolgen, uns selbst verleugnen und unser Kreuz auf uns nehmen."

Max hatte eine ziemlich genaue Vorstellung davon, was Jesus dazu zu sagen hätte.

Was wäre das cool, wenn der jetzt mit der Kettensäge reinkäme und das Kreuz zersägen würde. Wie Recht er gehabt hatte: Frohe Botschaft? Hier drinnen? Nö. Schuldgefühle und Muffigkeit. Draußen schien die Sonne und wahrscheinlich saß Jesus gerade in einem gemütlichen Café und verwandelte Kaffee in Baileys.

Währenddessen im angeblichen Gotteshaus:

„So wollen wir hier unten im irdischen Jammertal schon unseren Schöpfer loben, der uns dereinst im Himmel entlohnen wird für unsere bittere Existenz auf Erden."

Jammertal? Hallo? Ihr sprecht doch im Gebet zum Schöpfer dieser Erde. Könnte der nicht etwas angepisst sein, dass ihr seine Schöpfung ein Jammertal nennt?

Jammertal? - Ihr habt nen Knall!

In Max' Kopf entstand ein längeres Gedicht mit dem schönen Titel: *Jammertal, du kannst mich mal.*

Gedichte schreiben war fast immer kinderleicht, bei einem bestimmten Thema aber unmöglich.

Opa Wolfgang machte Mittagsschlaf und Max setzte sich, nach einer eindringlichen Erinnerung durch seinen Vater, an dessen Laptop.

Wie Max es sich gedacht hatte. Die Elektronik war nicht mehr zu retten. Da startete nix mehr. Vielleicht konnte er wenigstens die Daten auf der Festplatte retten. Er baute sie aus und schloss sie per Adapter an seinen Computer an. Wirklich gesund hörte sich die auch nicht an, aber er konnte doch die meisten Ordner auf seinen Computer rüber ziehen, bevor auch sie ihren Geist aufgab.

Max kontrollierte, dass sich die Ordner öffnen ließen. Ja, wahrscheinlich alles erhalten.

Die Vorschau von drei Bildern sah so interessant aus, dass Max nicht widerstehen konnte. Sammelte sein Vater auch Pornos? Die Bilder waren dann aber doch nur private erotische Aufnahmen einer Susi. Moment! Woher hatte sein Vater private erotische Aufnahmen einer Frau, die nicht wesentlich älter war als Max? Und war da nicht eben ein Ordner mit dem Namen Susi gewesen? Max öffnete den Ordner. Viele weitere Bilder der gleichen Frau, zum Teil sehr erotisch; noch verstörender waren vier Fotos, auf denen sie zwar deutlich angezogener im Café saß, aber umarmt mit Max' Vater knutschende Selfies machte. Eine Textdatei mit ihrem Namen.

Max las mit wachsender Empörung. Keine Spur von Jammertal. Sein Vater war den außerehelichen irdischen Gelüsten gegenüber offensichtlich nicht so abgeneigt, wie es der Pfarrer heute Morgen noch gefordert hatte.

Max wartete lange vor der vereinbarten Zeit in Birtes Garten. Zuhause (Zuhause? Ha! Das war es nie gewesen, und jetzt noch weniger!) hatte er es nicht mehr ausgehalten. Der Gedanke, gleich seinem Vater zu begegnen, war unerträglich gewesen.

Er hatte ihm einen Zettel geschrieben, dass die Reparatur noch nicht gelungen sei und er ein Ersatzteil bei einem Freund hole.

Nicht nur das Laptop war hinüber. Die Beziehung zu seinem Vater war nie gut gewesen; erstaunlich, wie intensiv Erwartungen enttäuscht werden konnten, obwohl man gar keine Erwartungen hatte.

Oh, wenn er doch solche Eltern haben könnte wie Birte!

Birte ... was hatte er sich auf heute gefreut, welche Spannung, seit den Worten der Bedienung sogar ein Hauch von Optimismus, und nun – wie soll man denn in dieser aufgewühlten Stimmung jemand erobern? Andererseits hatte er heute wirklich etwas zu erzählen. Aber:

Sie hatte doch selbst gerade Sorgen wegen ihrer Oma, war traurig und er wollte sie vollheulen mit seinen Elternproblemen? Sie sollte ihn trösten, wo sie die noch größere Katastrophe durchlebte? Sie brauchte jetzt jemanden, der stark war – oder nicht? Wäre es vielleicht schön und hilfreich für sie, zu sehen, dass auch andere Probleme hatten?

Oh Mann! Leben war furchtbar kompliziert und in der Schule bereiteten sie sie auf so eine Situation nicht mal im Ansatz vor! Vielleicht erst mal Unbekümmertes? Zusammen Musik hören, einen Film schauen? Doch *Stufen* von Hesse?

Aber auch da war er plötzlich sehr unsicher. Was hatte die Bedienung gesagt? Die Stimme sei dabei wichtig und die Art, wie er sich bewegen würde. Er hatte inzwischen gefühlt fünfzig verschiedene Arten, das Gedicht unter ihrem Balkon aufzusagen, durchprobiert, mal ohne, mal mit viel, mal mit wenig Bewegung, nichts hatte ihn überzeugt. Zweimal war er stark in Tagträume abgedriftet und erwischte sich dann, wie er unter dem Balkon tanzte, sie imaginär im Arm haltend. Das Gedicht aufzusagen hatte er dabei völlig vergessen.

Ach, wenn er einfach mit ihr tanzen könnte. Gedichte, Sprechen, Körpersprache. Alles Gebiete, in denen er sich furchtbar konzentrieren musste, um halbwegs klarzukommen.

Tanzen: Die Füße bewegten sich ohne Mühe mit einer Sicherheit, die seine Lippen nie erreichen würden. Augen schließen und von der Musik tragen lassen. Und wenn sich jemand führen ließ, diese gleich mittragen. Da hatte ihm seine Mutter etwas wirklich Gutes beigebracht, mehr als aller Schulstoff zusammen.

Zum wiederholten Mal nahm er sich vor, sie endlich wieder freundlicher zu behandeln. Sie war uncool, steinalt, im Leben gescheitert, aber, ach, war er denn anders?

Definitiv anders als sein Vater! Hoffentlich.

Max testete das Efeu neben Birtes Balkon. Ja, das würde halten. Aber das Hochklettern fiel ihm unerwartet schwer. Gitarre war also nicht das Einzige, was er dringend wieder üben musste.

Der Traum, sie mit einem Tanz zu verführen, erschien ihm von Anfang an sehr weit von der Wirklichkeit entfernt und dann, als sie schon über eine Stunde überfällig war, immer lächerlicher. Klar, sie wurde von den Eltern gefahren, konnte also nichts für die Verspätung. Trotzdem. Desto länger er wartete, umso mehr fühlte es sich so an:

Ihr Treffen war ihr nicht wichtig, sonst hätte sie mehr gequengelt, dass sie pünktlich losfahren. Es gab dort, wo sie war, deutlich bessere Unterhaltung für sie. War er zu langweilig, zurückhaltend gewesen? Hätte er sie küssen müssen? Küsste sie dort, wo sie war, gerade jemand?

Sie wollte ihn nicht wirklich sehen. Sie brauchte ihn nicht mehr. Die Überzeugung wuchs mit jeder weiteren Minute vergeblichen Wartens. Wissend, dass sie falsch war, aber seine Gefühle waren für Argumente nicht zugänglich.

Für Selbstzerfleischung brauche ich kein Praktikum machen. Das kann ich schon perfekt. Meine Kernkompetenz: höchst erfolgreicher Widerstandskämpfer gegen mein Selbstvertrauen.

Max wollte gerade gehen, als das Auto um die Ecke bog. Schnell sprang er zur Seite und ging dann lässig, als wäre er gerade erst angekommen, auf das Haus zu.

Eigentlich albern, aber als wartend gesehen zu werden, mit dem klaren Hintergrund, dass er schon seit fast zwei Stunden wartete - das wäre irgendwie uncool.

Dezent vorwurfsvoll gucken erschien ihm die richtige Strategie, vielleicht würde ein schlechtes Gewissen ihrerseits vorteilhaft für ihn sein. Doch als er sie sah, hinter ihren offensichtlich in akutem Streit befindlichen Eltern, mit frustriertem und müdem Gesicht, fiel der gekünstelt gequälte Gesichtsausdruck sofort in sich zusammen.

Birte kam auf ihn zu, die Augen wieder verquollen.

„Meine Eltern sind sooo ätzend! Ich ... Es tut mir soooo leid! Scheiße! Du musst ja schon zwei Stunden warten. Oh Gott! Es ist sooooo ...“

„Es ist nicht schlimm!“

„Es ist sogar sehr schlimm. Ich ... ach, Scheiße!“

Birte stampfte mit dem Fuß auf und brach für drei Sekunden in Tränen aus, war dann aber sofort wieder gefasst: „Ich. Es tut mir unendlich leid, aber ich kann heute wirklich nicht ... nicht mal ...“

„Schon gut. Sehen wir uns morgen?“

„Danke!“

Sie drehte sich zur Seite. Als die erneuten drei Sekunden vorbei waren, sprach sie wieder mit fester Stimme: „Danke. Ja. Wir sehen uns morgen. Ich freu mich drauf.“

„Vielleicht magst du mir ja noch kurz was schreiben, falls dir am Abend danach ist.“

„Ja. Das hast du wirklich verdient. Es tut mir so leid. Ich schreib dir auf jeden Fall noch was. Wahrscheinlich nur ganz wenig. Ich bin wirklich ... Ich werde dir schreiben! Bis morgen."

Max gelang es, auf sein Zimmer zu kommen, ohne seinen Vater zu sehen.

Er starrte aus dem Fenster, ohne zu wissen, was er Angemessenes fühlen oder machen könnte; keine Lust auf nix, keine Chance sich halbwegs auf irgendeine Ablenkung zu konzentrieren, abwechselnd Birtes verweintes Gesicht und Bilder von seinem Vater und Susi vor Augen.

Alle paar Minuten sah er auf sein Handy, aber Birte hatte sich noch nicht gemeldet.

Er hatte keine Ahnung, was Birte schreiben könnte, um ihn aus diesem tiefen Schlamm von Selbstmitleid und Verwirrung rauszuholen, aber da war Hoffnung, zumindest die ersten zwei Stunden, danach zog ihn der Blick auf das nachrichtenlose Handy nur noch mehr runter.

Als sie sich um Mitternacht immer noch nicht gemeldet hatte, ging er frustriert ins Bett.

Da war nichts im Leben, was wirklich Halt gab, und jetzt war da auch noch dieser Hoffnungsschimmer erloschen.

Vielleicht war das hier doch das Jammertal?

Max schlief sehr unruhig und träumte wirr.

8. Tag

Angelika sah so müde aus, wie Max sich fühlte. Sie wollte gerade in Frau Richmanns Zimmer gehen, kam dann aber zuerst zu ihm.

„Schön, dass du da bist, Max. Ich hoffe, du hattest ein schönes Wochenende! Herr Bömmel wird immer klarer. Du hast etwas Wunderbares entdeckt. Aber ... ich habe am Wochenende viel recherchiert. Es ist unfassbar, was mit ihm gemacht wurde. Eine bestimmte Neurologin kann froh sein, wenn sie mir nie begegnet. Was soll ich sagen? Es ist sehr viel und ich habe leider, du kennst den Job ja inzwischen, überhaupt keine Zeit, dir wenigstens das Wichtigste zu erzählen. Brunhilde ist krank und ... egal. Die Kurzfassung: Samstag war er schon richtig aufgeblüht und jetzt, wo er verstanden hat, was mit ihm und seinem Besitz gemacht wurde ... Ach. Es ist kaum zu ertragen. Du hast so einen guten Draht zu ihm. Vielleicht hilft es ihm, wenn er dir alles erzählen kann. Also alles, was er erinnert. Sein Gedächtnis ist immer noch löchrig und seit gestern versucht er glaub ich, aktiv wieder alles zu vergessen. Ich kann es ihm nicht verdenken. Hast du wieder deinen Kaffee mit?"

Max nickte.

„Wunderbar! Wenn das für dich in Ordnung ist, setz dich zu ihm und lass ihn erzählen. Ich bin nicht sicher, ob er sich öffnet. Wenn nicht. Es liegt nicht an dir! Ich konnte immer gut mit ihm. Heute Morgen wusste er meinen Namen wieder nicht. Ach, ... Scheiße!"

„Ich versuch es einfach. Der Kaffee wird es schon richten."

„Max. Ganz im Ernst: du gefällst mir! Sehr sogar. Viel Glück! Und ..., wenn du dich unwohl fühlst, geh sofort raus und komm zu mir. Ich bin jetzt länger bei Frau Richmann."

97

„Wirklich. Alles klar. Ich kenne mich mit etwas vergessen wollen oder müssen durchaus aus. Vielleicht passt es."

Herr Bömmel lag komplett unter der Decke verschwunden und murrte und brummte, als Max die Vorhänge öffnete.

„Herr Bömmel?"

Das Murren hörte auf.

„Ich habe Ihnen wieder einen richtig guten Kaffee mitgebracht."

„Ja!"

Und wieder: in einer einzigen flüssigen Bewegung setzte sich der alte Mann auf die Bettkante, gleichzeitig die Decke ans Bettende schmeißend.

„Der hat mir gefehlt!"

Herr Bömmel nahm dankbar nickend die Tasse in die Hände.

„Schön, dass du da bist, Max. Du hast mir auch gefehlt. Hattest du ein schönes Wochenende?"

Max besann sich kurz. Wow! Was für ein verwirrendes Wochenende!

„Ja. Schön war auch dabei, aber ... Es war so ungeheuer viel. Irgendwie ist alles anders jetzt. Seit gestern ist ... eigentlich seit Freitag ... tja ... ich hatte es noch gar nicht so deutlich gemerkt, eigentlich schon seit einer Woche ... Wissen Sie noch, vor genau einer Woche habe ich Ihnen auch einen Kaffee gebracht. Da war noch alles wie immer."

„Wo du es erwähnst: Ich bitte vielmals um Entschuldigung für ..."

„Kein Problem. Ich habe die Plörre doch am nächsten Tag auch beinah ausgekotzt. Das war ein Angriff auf jegliche Geschmacksnerven, für den *ich* mich entschuldigen müsste."

Herr Bömmel lächelte ihn an:

„Danke. Und du musst dich ganz bestimmt nicht bei mir entschuldigen. Du hast sehr viel für mich getan, mich eigentlich wiederbelebt, das habe ich inzwischen begriffen. Unglaublich."

„Aber so richtig glücklich sind Sie mit ihrer Wiederbelebung gerade nicht? Angelika deutete sowas an, hat mir aber nichts Konkretes gesagt."

Herr Bömmel atmete laut aus.

„Ich ... denke, ich sollte erst Mal diesen Kaffee genießen. Du zuerst: Was war denn nun am Wochenende? Seid ihr jetzt zusammen?"

„Oh ... ja ... wir. Das weiß ich gerade noch weniger als am Freitag. Sie, ich dachte irgendwie schon, wir wären ... Aber es gibt noch so viel völlig Unklares. Und dann ist da gestern noch etwas völlig anderes und noch Verstörenderes dazugekommen. Ich weiß gerade bei überhaupt nichts mehr irgendetwas Sicheres."

„Das einzig sichere im Leben ist der Tod. Tschuldige. Ich war mal Lehrer. Wir neigen dazu pseudokluge Sachen zu den unmöglichsten Zeiten zu sagen. Erzähl."

„Ich habe, aus Versehen, einen Blick in das Tagebuch meines Vaters geworfen."

„Aus Versehen?" Herr Bömmel kicherte.

„Im Ernst. Er hat mir sein Laptop zum Reparieren gegeben, nachdem er eine Menge Bier über die Tastatur gekippt hatte. Das Laptop selbst war hinüber, aber den Inhalt der Festplatte konnte ich retten. Ich musste natürlich einen Blick auf Dateiordner und ein paar Dateien werfen, um zu sehen, dass sie nicht beschädigt waren und wurde stutzig, als ich zwei äußerlich sehr gleiche und inhaltlich dann sehr verschiedene Buchhaltungsordner für seine Tanzschule sah. Doppelte Buchführung halt.

Womit er allerdings nicht nur das Finanzamt bescheißt, sondern auch Mama und mich, denn wir sparen seit Jahren wo es nur geht und ich arbeite sogar in den Ferien, um mir etwas zu verdienen."

„Was nicht völlig falsch ist."

„Mag sein."

„Auf jeden Fall war es wirklich aus Versehen. Meine Absolution hast du. Und es war sehr verstörend?"

„Wir haben seit Jahren keinen richtigen Urlaub gemacht, weil wir angeblich zu wenig Geld haben, und er gibt seit vielen Jahren das ergaunerte Geld für ... tja ... Ich habe Rechnungen über sehr teuren Schmuck und teure Klamotten, meist sehr übersichtliche oder durchsichtige Unterwäsche gefunden, Hotelbuchungen von luxuriösen Doppelzimmern und ein paar Mails von verschiedenen Frauen und tatsächlich auch noch sowas wie ein Tagebuch. Und in dem standen viele unappetitliche Einzelheiten. Ich versuche seitdem krampfhaft, dazu keine Bilder in meinem Kopf zuzulassen. Bah!"

Herr Bömmel trank den letzten Schluck Kaffee und seufzte.

„Wow! Und ich dachte, ich hätte ein beschissenes Wochenende gehabt, aber dagegen ..."

„Angelika deutete an, dass Sie Unangenehmes ..."

„Ja. Hast du noch Kaffee?"

Beide tranken mehrere Schlucke schweigend, bis Herr Bömmel so weit war und nach einem lauten Seufzer begann:

„Tja ... Nicht nur mein Gedächtnis hat versucht, meine Vergangenheit auszulöschen. Wo soll ich anfangen? Ich habe nicht alles behalten können, was Angelika für mich rausgefunden hat und noch weniger konnte ich verstehen, und von dem, was ich verstanden habe, habe ich schon wieder einiges verdrängt, aber:

Ich bin wohl in meinem Haus auf der Treppe gestürzt und habe mir den linken Oberschenkel gebrochen und habe ein paar Tage in der Wohnung gelegen, bis der Postbote mich gefunden hat und im Krankenhaus ist eine fortgeschrittene Demenz diagnostiziert worden, obwohl ich wahrscheinlich nur durcheinander von der OP war. Ein Betreuer wurde für mich bestellt und der hat mich zwei Monate zur Kurzzeitpflege in ein Heim in Eppendorf gesteckt, hat zugestimmt, dass ich bis zum Anschlag mit Psychopharmaka vollgepumpt wurde, damit ich endlich ruhig wurde und nicht so viel Arbeit machte und hat, während ich abgeschossen vor mich hinvegetierte, mein Haus verkauft und alle meine Habseligkeiten auf dem Sondermüll entsorgt, meine komplette Vergangenheit einfach entsorgt – ausgelöscht, als hätte es mich nie gegeben."

Max sah Herrn Bömmel erschüttert und ratlos an.

„Aber, das ist doch bestimmt nicht rechtens, können Sie nicht ...?"

„Nein. Also, wahrscheinlich nicht. Angelika hat mir das erklärt, aber ich war da schon zu aufgeregt und traurig und verzweifelt und es ist viel Kompliziertes und Verwaltungskram. Oh, Gott sei Dank! Da ist Angelika; sie weiß deutlich mehr Einzelheiten über mich als ich."

Angelika sah besorgt aus und seufzte erleichtert, als Max ihr zwei Daumen nach oben zeigte:

„Wir unterhalten uns sehr gut, stehen aber beide etwas ratlos vor dem Geschehen in unserem Leben."

„Du auch?" Angelika sah Max besorgt an. „Oh Gott! Und ich schicke dich auch noch ..."

„Nein. Wirklich alles bestens! Mir geht es schon besser als vorhin, aber Herr Bömmel könnte wohl ein bisschen Unterstützung bei den Details gebrauchen und: ist das wirklich alles legal, also dass sein Haus verkauft wurde und all seine Habseligkeiten weggeschmissen wurden?"

„Tja. Ich fürchte, wir können seinem Betreuer nichts. Alles nicht illegal, was er gemacht hat. Genaugenommen ist er auch nicht der Hauptschuldige. Er kannte Herrn Bömmel vorher nicht und du weißt, so wie er war, bevor du ihn erweckt hast, konnte er ja nicht wirklich Auskunft geben. Versaut hat es das Krankenhaus und insbesondere die dort tätige Neurologin mit dem passenden Namen Frau Dr. Hohl. Nach einer langen Operation mit Vollnarkose haben viele Menschen ein Durchgangssyndrom, schon gar, wenn sie tagelang gelegen und nichts getrunken haben, aber sie hat bei ihm eine fortgeschrittene Demenz mit psychotischen Symptomen und Alkoholismus mit Verwahrlosungstendenz diagnostiziert, wobei zumindest der Verdacht besteht, dass sie ihn gar nicht selbst gesehen hat."

„Alkoholismus?"

„Laut Krankenhausbericht hätten die Rettungssanitäter von Unordnung und strengem Geruch in der Wohnung und vielen leeren Flaschen berichtet."

„Ich bin Schriftsteller!"

„Und alleinstehender Mann", ergänzte Max. „Die sollten sich mal die Wohnung meines Onkels ansehen und dabei besser nicht zu tief einatmen."

„Und dann ja auch Geruch in einer Wohnung, in dem ein Mann seit mehreren Tagen auf dem Boden liegt, ohne Möglichkeit auf Toilette zu gehen oder gar zu lüften. Aber, nicht nur das. Das und die Flaschen waren der einzige Hinweis auf Alkoholabusus. Die Leberwerte waren im Normalbereich, kein Entzug im Krankenhaus, aber im Eilantrag an die Pflegekasse stand dann wieder fortgeschrittene Demenz bei Alkoholabusus,

Psychose, Harn- und Stuhlinkontinenz. Sie übertreiben gerne, damit sie auf jeden Fall die Pflegestufe bekommen."

„Stuhlinkontinenz?!?" Herr Bömmel sah aus, als hätte ihn jemand geschlagen.

„Aber ist das nicht üble Nachrede?"

„Jo. Könnte man so nennen. Oder Betrug. Auf jeden Fall mehrere Fehldiagnosen, die die Sozialarbeiterin gerne genutzt hat."

„Eine Sozialarbeiterin darf Diagnosen stellen?"

„Nein. Aber sie konnte ja auf die Neurologin und den vorläufigen Entlassungsbericht zurückgreifen. Mehrere Ärzte haben fortgeschrittene Demenz als Diagnose dokumentiert. Wahrscheinlich haben alle nur bei Frau Doktor Hohl abgeschrieben. Und in den Pflegeberichten war ja auch viel von Unruhe und Verwirrung zu lesen. Natürlich wegen Austrocknung und Elektrolytmangel, der Vitamin-D-Wert war völlig im Keller, wahrscheinlich auch noch Herzrhythmusstörungen und dadurch schlechtere Durchblutung im Hirn. Auf der chirurgischen Station werden internistische Probleme oft nicht erkannt."

„Aber all mein Besitz? Die Kisten voller Schriftstellerei und Erinnerungen? Das kann doch nicht legal sein, dass er das alles weggeschmissen hat."

„Der Betreuer hat gesagt und das glaube ich ihm auch, dass er ein Attest vom Hausarzt bekommen habe, dass Sie dauerhaft kognitiv stark eingeschränkt seien und nie wieder nach Hause zurückkehren oder mit den Besitztümern dort etwas anfangen können würden. Und es waren ja noch Schulden auf dem Haus, und monatliche Raten zu bezahlen, neben den hohen Kosten für das Heim. Wahrscheinlich konnte er gar nichts anderes machen, als das Haus zu verkaufen. Er hat immerhin noch ein paar

103

Sachen eingepackt, die wertvoll aussahen, aber viel passt in ein Zimmer im Heim ja auch nicht. Ehrlich gesagt, hat er für einen Berufsbetreuer, der monatlich gerade mal zwei Stunden Zeit für einen Betreuten hat, noch relativ sorgfältig gearbeitet und er hat Sie halt nur als verschlossenen und verwirrten Klienten kennengelernt. So viel Zeit wie Max hatte er nicht, um sich neben Sie zu setzen und Sie mit einem guten Kaffee ins Leben zurückzuholen. Ein Entrümpelungsunternehmen hat das Haus danach geleert und gesäubert und seit ein paar Wochen wohnen nun die neuen Besitzer dort."

Max kochte innerlich vor Wut, Angelika sah auch so aus. Herr Bömmel aber, der am meisten Grund zur Wut gehabt hätte, sank resigniert in sich zusammen und sah Angelika fragend an.

„Mein Hausarzt hat das über mich geschrieben?"

„Ein Doktor Heger."

„Doktor Heger? Den Namen habe ich noch nie gehört. Mein Doktor hieß anders; ich kann mich allerdings nicht mehr an den Namen erinnern. Ich war auch selten bei ihm."

„Doktor Heger ist der Arzt, der die meisten in der Kurzzeitpflegeeinrichtung betreut, die ohne Hausarzt ankommen. Sie wissen dort, dass er nicht viel taugt, aber die Guten nehmen alle keine Patienten mehr an."

Herr Bömmel war sehr blass geworden und kippte nun plötzlich zur Seite. Angelika versuchte vergeblich ihn festzuhalten, bremste immerhin etwas den Fall, gerade ausreichend, dass Max hinzuspringen und Herrn Bömmel noch so greifen konnte, dass sie zusammen umfielen, der Oldie auf den Praktikanten.

Max schrie auf. Ein stechender Schmerz im rechten Arm, mit dem er gegen ein Rad des Pflegebetts geknallt war. Auch die Hüfte schmerzte.

Angelika half beiden auf und holte die Hausärztin von Frau Röber, die gerade im Heim weilte, zu den beiden Sturzopfern.

Herr Bömmel war bis auf einen blauen Fleck am linken Arm unverletzt, nur geschockt darüber, was er angerichtet hatte und entschuldigte sich ohne Unterlass. Auch bei Max war nichts gebrochen, aber er hatte ordentliche Prellungen an Arm und Hüfte und eine Beule am Kopf.

„Legen Sie sich erst mal hier auf die Couch. Ich bin noch eine Stunde im Haus und schaue dann noch mal nach Ihnen. Wenn Ihnen übel wird, melden sie sich sofort. Nicht ausgeschlossen, dass Sie eine Gehirnerschütterung haben. Und Hüfte und Arm dürften noch einige Tage ziemlich schmerzen. Soll ich Ihnen eine Krankmeldung für den Rest der Woche ausstellen?"

Max starrte die Ärztin an. Das wäre noch vor einer Woche die exakte Erfüllung eines Traums gewesen. Was hätte er damals dafür gegeben!

„Nein. Danke. Ich würde die vier Tage gerne noch hierherkommen."

Angelika und Herr Bömmel strahlten ihn an und Max hatte ein leicht heuschnupfiges Gefühl in den Augen.

Die Ärztin hatte noch Fragen zu anderen Patienten auf dem Wohnbereich und verließ mit Angelika das Zimmer.

Max schlief schnell ein und auch Herr Bömmel machte ein Nickerchen, als die Ärztin noch einmal vorbeischaute. Etwas später kam Angelika mit dem Mittagessen und weckte die beiden.

Während Herr Bömmel aß, untersuchte Angelika den Praktikanten, dem es nach dem Aufrichten kurzzeitig etwas schwindelig war, aber nicht übel. Arm und Hüfte waren sehr berührungsempfindlich. Gehen war kein Problem, aber das rechte Bein hochheben schmerzte stark, so dass Fahrradfahren eine ziemliche Qual zu werden drohte.

„Soll ich bei deiner Mutter anrufen, dass sie dich abholt?"

„Danke, nein. Ich schieb das Rad. Das wird gehen. Außerdem hoffe ich, dass ich gleich noch eine andere Begleitung für den Rückweg treffe."

„Die vom Freitag?"

„Jo."

„Na. Dann bist du ja in fachkundigen Händen. So oft, wie sie ihre Oma besucht, gehört sie fast schon zum Personal hier. Nettes Mädchen. Viel Spaß und schönen Feierabend! Und ... wirklich schön, dass du die restlichen Tage auch noch kommst."

Angelika verließ das Zimmer und Herr Bömmel sah von seinem Nachtisch auf:

„Ich habe vor lauter Aufregung schon wieder vergessen, was du vorhin genau gesagt hast. Es war gar nicht so genau, oder? Irgendwas wie: ihr seid noch nicht so richtig zusammen, aber vielleicht schon ein bisschen?"

Max erzählte von den drei Begegnungen mit Birte und der ausgebliebenen Nachricht am Abend.

„Jo. Das hat mit genau noch sehr wenig zu tun. Zusammen und gleichzeitig nicht zusammen, je nach Betrachtungsweise und Uhrzeit. Schrödingers Beziehung sozusagen."

„Jo. Genau. Und dann gab es doch auch noch wen mit einer Unschärferelation?"

„Heisenberg."

„Genau, bzw. halt nicht. Wie auch immer. Mir scheint, Physik hat doch deutlich mehr mit dem wahren Leben zu tun als ich bisher dachte."

„Das habe ich immer versucht, meinen Schülern zu vermitteln. Du bist wahrscheinlich der Erste, der es begriffen hat. Apropos wahres Leben - ich glaube, deine Begleitung kommt gerade an."

Auch Max sah aus dem Fenster. Tatsächlich schloss Birte gerade ihr Fahrrad am Zaun fest.

„Viel Spaß und viel Glück. Ich drück dir die Daumen! Vielleicht bringst du morgen dann Sekt statt Kaffee mit, zum Feiern, wenn du mir von deinem erfolgreichen Nachmittag erzählst."

„Morgens bleibe ich doch lieber beim Kaffee und hol die Feier abends nach, aber ich kann Ihnen gerne einen Sekt mitbringen."

„Ehrlich gesagt, bin ich gar kein Fan von Sekt."

„Mit was würden Sie denn gerne feiern?"

„Calvados."

„Kenn ich nicht."

„Das ist ein Apfelbranntwein aus der Normandie. Morgen erzähl ich dir die dazugehörige Geschichte. Meine Erfahrungen mit Liebe, Heisenberg und Schrödinger."

„Ich bin gespannt."

Birte wartete bei ihrer Bank und sah Max erstaunt an:

„Oh weh! Wie siehst du denn aus? Hast du dich mit einem Bewohner geprügelt und verloren?"

„Unentschieden!"

„Na, immerhin."

„Der Bewohner hat auch einen blauen Fleck und es war keine Prügelei, wir haben uns eng umschlungen auf dem Boden gewälzt."

„Oh. In der Richtung willst du dich beruflich orientieren? Immerhin ein Berufszweig mit Tradition. Herr Mosleimer sollte eigentlich zufrieden sein. Tut es sehr weh?"

Birte berührte vorsichtig seine Haut, knapp neben der Beule und pustete.

„Der Arm tut auch sehr weh."

Max krempelte den Ärmel hoch und, wie erhofft, berührte und pustete Birte auch hier.

„Die Hüfte ist auch geprellt."

„Übertreib es nicht!"

„Wirklich."

„Ich glaub es dir ja. Und ich habe auch wirklich noch ein sehr schlechtes Gewissen wegen gestern, aber bevor ich in der Gegend rumpuste, sollten wir uns doch etwas besser kennenlernen."

„Apropos gestern: Schade, dass du nicht mehr geschrieben hast."

Birte sah ihn erstaunt an.

„Ich habe den Brief gestern kurz nach zehn in euren Briefkasten geworfen."

Max sah erstaunt zurück.

„Oh ... Mit einem Brief hatte ich nicht gerechnet. Ich hab die ganze Nacht das Handy angelassen."

„Will mich ganz oldschool mit einem Gedicht unter dem Balkon erobern und rechnet dann mit einer WhatsApp-Nachricht statt mit einem Brief. Tss."

Max fand das nicht besonders komisch.

„Tut mir leid, Max. Dir ist eigentlich auch gerade nicht nach Witzen, oder? Und du hast ja Recht. WhatsApp wäre die naheliegendere Möglichkeit gewesen. Hab ich nicht dran gedacht. Ich war sehr durcheinander gestern. Und: Ich liebe Briefe. Gerade wenn es mir wichtig ist, was ich schreibe oder an eine mir wichtige Person, dann mache ich das lieber per Hand und auf Papier."

„Ist schon okay. So kann ich mich wenigstens noch gleich auf den Briefkasten freuen."

„Ja, oder? Ich liebe die Vorfreude auf den Briefkasten. Etwas völlig anderes als rund um die Uhr für eine kurze Textnachricht erreichbar zu sein. Dieses prickelnde Gefühl am Morgen, wenn der Postbote noch nicht da war, wenn noch alles möglich ist. Wie zufällig zu der üblichen Zeit neben dem Briefkasten auf und ab gehen. Die Spannung baut sich immer mehr auf. Und wenn er dann endlich da ist, dein ersehnter Brief und es ist ein guter Brief, dann will ich nicht gleich antworten müssen. Ich will diesen kostbaren Moment so lange wie möglich dehnen, ihn in vollen Zügen genießen. Mit deinem Brief in den Garten gehen, ihn ans Herz drücken, die Augen schließen, so in die Sonne schauen. Ich will das Vorbereiten einer heißen Schokolade zelebrieren, mich damit an meinen geliebten Schreibtisch setzen und dann noch lange in den Garten starren, bevor ich langsam den Brief an dich beginne. Und wenn ich dich liebe, womöglich begehre, dann sollst du es an meiner Schrift sehen können und wenn ich ergriffen bin, sollst du Spuren meiner Tränen auf dem schönen Papier sehen und du sollst den Duft meines Parfums, mit dem ich das Blatt besprüht habe, in der Nase erkennen beim Lesen."

„Jetzt bin ich wirklich sehr gespannt auf den Briefkasten."
Birte lachte.

109

„Oh weh. Entschuldige, Max. Ich bin völlig abgeschweift. Ich lese gerade ein Buch über eine wunderbare Brieffreundschaft. Ich fürchte, ich habe da eher rezitiert als an meinen Brief an dich gedacht. Der ist eher ... sehr kurz und ohne Duft, immerhin womöglich tatsächlich Spuren von Tränen, es ging mir wirklich sehr schlecht gestern. Aber an dich schreiben und zu deinem Briefkasten spazieren hat mich sehr an das Buch erinnert und mir gutgetan."

„Schreibst und bekommst du denn viele ... duftende oder sonst wie besondere Briefe?"

„Nein. Leider gar nicht. Selbst Briefe ohne Duft nur sehr selten, seit meine Oma ins Altenheim gekommen ist und mir nicht mehr aus Berlin schreibt. Aber seit ich dieses Buch lese, habe ich mir vorgenommen, wieder mehr Briefe zu schreiben. Das war gestern mein erster handgeschriebener Brief nach langer Zeit. Mag altmodisch sein. Aber die Mode gefällt mir. Ich will nichts anderes anziehen."

„Die Altmode steht dir."

Birte strahlte dezent. „Danke."

„Lass uns losgehen. Ich kann heute nicht Fahrrad fahren und werde wohl auch etwas langsamer als sonst gehen."

Birte band Birtears zusammen und sie gingen los.

„Was genau ist dir denn jetzt wirklich passiert?"

Max erzählte von Herrn Bömmel und dessen kurzem, aber berechtigten Ohnmachtsanfall und Birte und er schimpften anschließend ohne viel Ahnung über dessen Aufgaben, aber mit umso mehr Emotionen über sein Handeln auf den Betreuer.

„Wenn ich mir vorstelle, dass jemand meinen ganzen Besitz entsorgt. Meine Bücher, meine Platten, die Gitarre, Stofftiere, Briefe, Tagebücher und sonstige Erinnerungen. Ich ... ich wüsste nicht, ob ich noch lebensfähig wäre. Das bisschen Zuhause, was man sich mühsam erschaffen hat – alles weg!"

„Herr Bömmel hatte auch viele Bücher, die hat der Betreuer wohl immerhin an eine Bibliothek gegeben."

„Erster kleiner Sympathiepunkt."

„Aber er war ja selbst Schriftsteller ..."

„Der Betreuer?"

„Nein, Herr Bömmel."

„Nicht wahr."

„Doch. Hat auch vor langer Zeit ein Gedichtband und einen Roman veröffentlicht. Aber er hatte noch mehrere unveröffentlichte Manuskripte und angefangene Romane im Haus. Alles weg."

Birte starrte ihn fassungslos an.

„Nein ...", flüsterte sie. Noch ein etwas lauteres Nein und dann folgte eine sehr laute mehrminütige Beschimpfungssalve, dass die entgegenkommenden Menschen auf die andere Straßenseite wechselten. Max versuchte, sich einige der ihm bisher noch nicht bekannten deftigen Schimpfwörter zu merken.

„Wir müssen ihn umbringen, ganz klar."

„Angelika meinte, er könne gar nicht so viel dafür, habe sich Mühe gegeben und es sei wohl formal alles in Ordnung."

„Mag ja sein ..., aber er hat Bücher getötet. Werdende Bücher abgetrieben. Geschichten voller Herzblut liegen jetzt irgendwo auf einer Müllkippe oder werden zu Recycling-Toilettenpapier verarbeitet. Wir müssen ihn umbringen. Ich sehe keine andere Möglichkeit. Besitzt du ein Gewehr oder eine Pistole?"

„Nein."

„Ich auch nicht. Aber ihn mit einem Buch erschlagen ist sowieso passender. Allerdings würde ich dafür ungern eines meiner Bücher nehmen."

„Wie wäre es mit dem Diercke Weltatlas? Da würde wahrscheinlich sogar ein einziger Schlag reichen. Seit Jahren schleppe ich mich mit diesem unnützen Buch ab. Irgendeinen Sinn muss es doch haben, dass der so schwer ist."

„Max, du bist ein Genie."

Birte umarmte den überraschten Max, der vor Schmerz im rechten Arm zusammenzuckte.

„Oh. Entschuldige! Hatte ich vergessen."

Sie pustete und streichelte noch einmal den Arm, sogar ausführlicher als vorhin und den Kopf erfreulicherweise auch noch gleich und blies sogar einmal angedeutet Richtung Hüfte.

Beide erröteten dezent.

„Vielleicht sollte ich den Diercke Weltatlas auch morgen in die Bibliothek mitnehmen. Heute hätte ich damit schon ein paar Mal zuschlagen können."

„Du hattest auch Montag?"

„Sowas von. Als wenn ich nicht wegen meinen Eltern schon genügend angeätzt wäre, kommen heute insgesamt vier Leute in die Bibliothek, die ihre ausgeliehenen Bücher misshandelt haben. Ich werde doch nicht in einer Bücherei arbeiten können. Wenn meine Kinder misshandelt werden, werde ich zur Furie. Nichts dagegen beim Lesen zu essen oder zu trinken, aber Rotweinflecken auf jedem fünften Blatt und Reste von Pizzakäse am Einband ... Ich wurde wohl ziemlich laut und meine Chefin hat dann mit mir geschimpft, statt mit dem Verbrecher."

„Du hast auch eine Schwester Gabi?"

„Jo. Genau. Allerdings hat sie mich bei meinem Klassenlehrer gelobt. Das war allerdings am Donnerstag. Bis dahin hatte ich noch niemanden übel beschimpft und war auch noch nicht handgreiflich geworden."

„Handgreiflich?"

„Ein junger Mann hatte eine Seite aus *Romulus der Große* rausgerissen und ohne jegliche Sorgfalt mit Tesa schief wieder reingeklebt. Ich habe ihm eine gescheuert."

„Zurecht."

„Und danach versucht, ihm die Nase abzureißen, um sie anschließend mit Tesa schief wieder anzukleben."

„Nachvollziehbar. Aber so enttäuscht, wie du es erzählst, ist es wohl nicht gelungen. Hast du Name und Adresse? Wir holen meinen Atlas und fahren bei ihm vorbei. Damit sollte es gelingen."

Birte drückte seine Hände und sah ihn mit leicht gebeugtem Kopf sehr interessiert an.

„Max. Ich kenne dich schon so lange, aber ich glaube ich kenne dich noch sehr, sehr wenig und auf einmal habe ich Lust, dich sehr gut kennenzulernen."

„Geht mir auch so."

Dafür, dass sie sich näher kennenlernen wollten, waren die beiden bei den nächsten Kilometern erstaunlich schweigsam oder unterhielten sich über Oberflächliches. Immerhin nutzte Max die Gelegenheit, als sie auf Herrn Bömmels Gedichtband zu sprechen kamen, um sie, wie er hoffte, unauffällig auszufragen:

„Haben dir die Gedichte in Deutsch eigentlich gefallen?"

„Welche?"

„Na, zum Beispiel: Es war, als hätte der Himmel die Erde geküsst."

„Hör bloß auf! Das ist doch furchtbar! Ich konnte mit den Gedichten im Deutschunterricht noch nie etwas anfangen."

„Cyrano vielleicht?"

„Deutlich besser. Oh ja, mit dem richtigen Gedicht wäre mir jede Nase recht. Das beste Gedicht in der Schule habe ich im Musikunterricht gehört. Ein Gedicht mit Klaviermusik untermalt ist schon etwas ganz Besonderes."

Max schluckte und sah sich schon das Klavier aus der Tanzschule kilometerweit bis unter Birtes Balkon schieben. Er hatte Klavierunterricht gehabt, konnte sicher noch ein paar Stücke, aber nichts Beeindruckendes und gesungen hatte er am Klavier noch nie. Gitarre konnte er ein paar Lieder mit Gesang, aber halt nur das übliche fürs Lagerfeuer. Sein Vater hatte die Gitarre neulich wieder vom Dachboden geholt. Er sollte mal wieder üben. Vielleicht doch beim Tanzen ein Gedicht aufsagen?

Kurz vor Birtes Haus blieb diese stehen und sah Max unsicher an:

„Ich hätte dich gern wieder reingebeten, aber heute geht es wirklich nicht. Meine Mutter ... Ich hab ihr versprochen ..."

„Schon okay. Deine Eltern ... schwieriges Thema. Mir sagt das was."

Birte seufzte:

„Es ist schwer genug, den Richtigen zu finden und mit ihm zusammenzukommen, aber noch deutlich schwerer scheint es zu sein, sich zu trennen, wenn man merkt, dass es doch nicht der Richtige ist. Meine Eltern bleiben nur noch zusammen, um sich gegenseitig damit zu quälen."

„Ich habe bis gestern geglaubt, sie wären glücklich zusammen und hab dich beneidet, aber mit denen scheint es ja noch schlimmer als bei meinen. Die sind sich wenigstens nur egal, lassen sich in Ruhe und hoffen beide, dass der andere nichts von den Affären bemerkt."

„Sie haben Affären?"

„Ja. Also, meine Mutter nur platonisch, ein heißer Flirt im Netz."

„Ich dachte, sie wären zusammen glücklich. Sie passen doch so gut zusammen. Sie sind beide so tolle Tänzer."

„Das sind sie immer noch. Aber sie tanzen nicht mehr zusammen."

„Das ist das Traurigste, was ich je gehört habe. Ach. Wir sehen uns morgen, ja?"

„Na klar."

Birte sah nicht glücklich aus, als sie ins Haus ging.

Max stellte sein Fahrrad zuhause ab, ging auf den Briefkasten zu und verstand ziemlich genau, was Birte gemeint hatte. Er blieb stehen. Nein, er würde den Briefkasten noch nicht aufmachen – diese Spannung und Vorfreude wollte er zelebrieren. Wie hatte sie gesagt? Den Brief ans Herz drücken, die Augen schließen und in die Sonne schauen. Blöd, dass es stark bewölkt war. Und heiße Schokolade war auch nicht seins. Kaffee! Natürlich Kaffee. Sie hatten in Englisch im letzten Jahr *The Perfect Coffee* von *Chinz* gelesen. Die unvergesslichen Augenblicke des Lebens in Kaffeeschlucken abgespeichert.

Max ging ins Haus, ignorierte erfolgreich uninteressierte Nachfragen der Eltern und machte sich eine Tasse Kaffee, bevor er noch einmal zum Briefkasten ging.

Ein Schluck vor dem Öffnen des Briefkastens - herrlich.

Ein Schluck vor dem Öffnen des Briefes - hatte Kaffee je so gut geschmeckt?

Ein weiterer köstlicher Schluck vor dem Lesen.

Mein lieber Max,
es tut mir unendlich leid, Dich versetzt zu haben.

Bitte verzeih mir, dass ich so kurz angebunden war.

Du sahst aus, als bräuchtest du jemand, der dir zuhört.

Ich konnte es heute nicht, aber ich hoffe, wir können es nachholen!

„Ich möchte Leuchtturm sein
in Nacht und Wind –
für Dorsch und Stint –
für jedes Boot –
und bin doch selbst
ein Schiff in Not!"

(Das ist zwar nicht von mir, sondern von Wolfgang Borchert. Aber heute ist es ganz meins. Vielleicht ganz unseres.)

Auf bald
Deine Birte

Der letzte Schluck Kaffee nach dem Brief – perfect.

9. Tag

Pünktlich und sauber schockte Schwester Gabi nicht so wie erhofft. Wahrscheinlich sah sie ihre Mission erfüllt, nachdem sie Max bei Herrn Mosleimer so erfolgreich schlecht gemacht hatte. Sie ignorierte ihn und ließ ihn somit in Ruhe. Welch ein Glück.

Angelika hatte zwei Tage frei nach ihrem Wochenenddienst, was Herr Bömmel und Max bei ihrem Kaffee ausführlich bedauerten. Herrn Bömmel ging es deutlich besser als gestern.

„Nützt ja nix. Es ist, wie es ist. Ich hatte schon viele Rückschläge und schwierige Situationen im Leben, hab alle überlebt und manchmal waren sie nur ein Übergang in bessere Zeiten."

Max sah ihn skeptisch an und Herr Bömmel runzelte überlegend die Stirn.

„Naja, zweimal. Meistens war es einfach nur große Scheiße."

Er lachte.

„Aber auch die geht vorbei. Das ist eine große Gnade: Irgendwie geht immer irgendwann alles vorbei. Eines der großen Naturgesetze und früher mein oberster Hoffnungssatz für sterbenslangweilige Familienfeiern, aber es passt auch in vielen anderen Phasen des Lebens. Und letztlich ja auch für das Leben selbst. Keine Ahnung, was die Leute immer mit ewigem Leben haben – für mich wäre das nix."

„Ich kenne da jemande, für die wäre das was, damit sie genug Zeit hätte, um alle guten Bücher dieser Welt zu lesen."

„Okay. Das klingt nach einer angenehmen Ewigkeit. Ja, wenn man länger kraftvoll und geistig fit bliebe, könnte ich mir durchaus ein paar schöne Jahrzehnte mehr mit Büchern, Musik und viel leckerem Essen und Trinken vorstellen."

„Und Frauen?"

„Natürlich. Sie sind ja in all dem drinnen. Die beste Musik, die leckersten Getränke sind doch die, die nach Erinnerungen klingen oder schmecken. Ich bin mir nicht sicher, ob mir Calvados überhaupt schmecken würde, ohne die Erinnerung an Elka. So ist es mein Lieblingsgetränk. Jeder Schluck eine Zeitreise zurück in einen wunderbaren kleinen Augenblick meines Lebens."

„Erzähl."

„Gleich. Erst mal musst du mir jetzt endlich erzählen. Wie war es gestern? Warum hat sie nicht geschrieben? Du siehst nicht unglücklich aus. Es scheint also eine Erklärung zu geben."

Max sah ihn unsicher an. Wie soll man über etwas berichten, von dessen Bedeutung man keine Ahnung hat?

„Ja. Nein. Es ist ...“

„Wenn einem die Worte fehlen, ist das meist ein gutes Zeichen. Obwohl ...“ Herr Bömmel sah wieder aus dem Fenster. „...eher ein Zeichen, dass es einem selbst wichtig ist. Über die Gefühle des anderen sagt es nichts aus. Meist gewinnt der Physiker gegen den Philosophen in mir. Also, Fakten: Lächelt sie, wenn sie dich sieht? Habt ihr euch zum Abschied umarmt? Besteht Hoffnung?“

„Ja. Doch. Viel Hoffnung. Mehrmals umarmt bereits. Sie berührt immer so meinen Nacken. Aber ... ich dachte, wenn es passiert. Liebe und so ... dann wäre alles klar und einfach. Aber, desto mehr da kommt, umso unsicherer werde ich. Das meiste ging von ihr aus. Ich habe keine Ahnung, ob sie mehr Initiative von mir erwartet, so fühlt es sich an, oder ob ich nicht eher schon zu aufdringlich war, so fühlt es sich auch an. Ich würde sie gerne aufbauen, sie ihre Trauer vergessen lassen. Stattdessen habe ich ihr das Traurigste gesagt, was sie je gehört hat. Jedes Mal, wenn ich von ihr nach Hause gehe, war es toll, aber immer mit dem Gefühl, zu wenig oder gar etwas falsch gemacht zu haben.“

„Wenn sie dich ähnlich sehr mag wie du sie, dann macht der ein oder andere Fehler überhaupt nichts aus. Ihr müsst nur offen darüber reden. Wenn man bereit ist, sich in Frage zu stellen, aus Fehlern lernt, kann das eine Beziehung sogar auf ein deutlich stabileres Fundament stellen. Nietzsche hat einmal gesagt: Hindernisse und Schwierigkeiten sind Stufen, auf denen wir in die Höhe steigen.“

„Ich würde gerne drauf verzichten. Also auf die Fehler.“

„Fehler und Missgeschicke sind unangenehm, aber hervorragende Lehrmeister. Wenn etwas schiefgelaufen ist, lernt man mehr, als wenn alles problemlos gelang. Wer in seinem Leben nie einen Fehler begeht, nie scheitert, stirbt ziemlich dumm. Elbert Hubbard, ein amerikanischer Philosoph hat es Anfang des zwanzigsten Jahrhunderts so formuliert: The greatest mistake you can make in life is to be continually fearing you will make one."

„Und das haben Sie so beherzigt?"

„Im Gegenteil. Ich habe auch aus Angst vor Zurückweisung viel zu selten gesagt, was ich wirklich dachte oder wollte. Immer den Coolen und Wissenden gespielt, statt nachzufragen. Im Nachhinein: Ja, es hätte einige Zurückweisungen gegeben, aber es hätte auch einige weitere große Erinnerungen gegeben, die ich verpasst habe. Andererseits: Elbert Hubbard hat zwar Recht, aber er war garantiert schon deutlich älter als du jetzt, als er das formuliert hat. Wahrscheinlich auch nach einem Leben mit viel zu wenig Mut. Es ist doch eher wehmütige Altersweisheit. Also: Gib nicht zu viel auf was ich dir sage. Ich bin Lehrer und neige zum klug daher Schwatzen. Mit Lebenserfahrung muss das nichts zu tun haben. Ich weiß fast nichts, was den Umgang mit Frauen angeht. Das bisschen Ahnung, was ich habe, ist das, was ich aus Fehlern gelernt habe. Ich war nur sehr leidlich erfolgreich, bin eher ein Experte dafür, was alles schief gehen kann."

„Ist Elka denn eine große Erinnerung oder ist da auch alles schief gegangen?"

„Beides."

Herr Bömmel wollte gerade erzählen, als Schwester Gabi reinkam und sie skeptisch beäugte. Sie schien zu dem Schluss zu kommen, dass beide verdächtig verträumt aussahen. Sie sah sich um und schnupperte, als würde sie annehmen, sie hätten Gras geraucht. Wieder schaute sie beide voller Argwohn an. Offensichtlich war es ihr suspekt, wenn Bewohner oder gar ein Praktikant zufrieden aussahen.

„Was machst du hier?"

Herr Bömmel lächelte Schwester Gabi an:

„Er kümmert sich sehr gut um mich und hilft mir mein Gedächtnis wiederzufinden."

„Das ist nicht seine Aufgabe."

Sie warf Max einen Blick zu, für den unfreundlich eine sehr freundliche Umschreibung wäre.

„Du bist nicht zum Vergnügen hier!"

Max sah sie an und stellte sie sich im Talar vor. Sie wäre sicher eine hochbegabte Jammertal-Predigerin.

„Komm mit. Ich habe Arbeit für dich."

„Gern doch. Ich verleugne mich selbst, nehme mein Kreuz auf mich und folge Ihnen nach."

Herr Bömmel pruste vor Lachen und Schwester Gabi kochte vor Wut.

(Max hörte im Kopf die Stimme des Navis: „Sie haben Ihr Ziel erreicht.")

So sehr sich Schwester Gabi anstrengte, ihn mit ätzenden Aufgaben zu bestrafen, ihr fiel nicht viel ein, womit sie ihn längere Zeit beschäftigen konnte. Max arbeitete inzwischen einfach zu schnell und so saß er eine knappe Stunde später wieder bei Herrn Bömmel, der ihm seine Geschichte anfangs nur erzählte und später theaterreif vorspielte.

„Kennengelernt haben wir uns über unsere gemeinsame Leidenschaft fürs Briefmarkensammeln. Ich habe mitbekommen, wie ihre Schwester Manuela eine Nachbarin fragte, ob sie die

Briefmarke von der Karte, die ihr ihr Bruder aus Südafrika geschickt hatte, haben könne.

‚Du sammelst Briefmarken?‘

‚Nein! Ich nicht. Dafür habe ich keine Zeit. Aber meine Schwester sammelt und aus Südafrika fehlt ihr aus der Reihe nur noch der Adler und diese Marke.‘

Ich hatte ihre große Schwester schon ein paar Mal gesehen, wenn ich Manuela nach Hause begleitet hatte, aber ich hatte nie gewusst, wie ich sie ansprechen sollte und jetzt: Ich hatte den Adler! Ich trug ihn von da an immer mit mir und nachdem ich mich die ersten beiden Male trotzdem nicht getraut hatte, sprach ich sie beim dritten Mal an:

‚Hi, Elka. Fehlt dir immer noch der südafrikanische Adler?‘

‚Hi! ... du ...?‘

Manuela lachte.

‚Das ist Martin Bömmel, ein Klassenkamerad von mir.‘

‚Hi, Martin! Ja. Mir fehlt der südafrikanische Adler. Wieso?‘

‚Ich hab ihn doppelt und du kannst gerne einen haben.‘

‚Du machst Witze.‘

Jetzt sah sie mich endlich nicht mehr irritiert, sondern interessiert an.

‚Der ist total selten. Du verarschst mich.‘

‚Nein, wirklich! Hier für dich!‘

Sie sah den Adler in meiner Hand genau an und dann mich.

‚Wirklich? Ich darf den haben? Echt?‘

‚Ja.‘

‚Warum?‘

O weh. Ich nehme an, ich bin feuerrot geworden. Jedenfalls habe ich kein Wort rausbekommen.

‚Sammelst du auch?‘

‚Ja. Möchtest du meine Briefmarken-Sammlung sehen?'

Ute und Manuela lachten schallend und ich war so ärgerlich, dass ich mit dem Adler in der Hand umdrehte und Richtung Zuhause stapfte. Doch Elka hatte mich schnell ein.

‚Du willst mir wirklich einfach nur deine Briefmarken zeigen?'

‚Ja.'

‚Hast du heute Abend Zeit?'

‚Ja.'

‚Komm doch mit deinen Alben vorbei, dann kann ich dir auch meine Sammlung zeigen.'

‚Gerne.'

Elka lächelte und schüttelte mit dem Kopf.

‚Du bist knuffig. Ich freu mich. Und vergiss den Adler nicht.'

‚Oh ... Willst du ihn schon haben?'

‚Gerne.'

Sie strahlte und streckte mir die Hand hin. Als ich ihr den Adler in die Hand legte, berührten sich unsere Hände kurz und für einen kleinen Moment schien die Zeit still zu stehen. Ich spürte etwas von der Wärme meiner Hand in ihre kalte Hand strömen und irgendwas von ihr strömte, ohne bei meiner Hand zu verweilen, direkt zu meinem Herzen. Es war warm, sehr angenehm und warm.

Wir trafen uns ein paar Mal, tauschten Briefmarken und hörten Musik – durch sie lernte ich all meine Lieblingsbands kennen – sie konnte ein paar Lieder auf Gitarre und sang sie mir vor. Du ahnst es – meine Lieblingslieder. Wir gingen zusammen ins Kino, ins Theater, zu Lesungen und Konzerten. Damals hatte ich das gleiche Problem wie du jetzt: Ich wusste nie, und weiß es bis heute nicht, ob ich mehr Initiative hätte zeigen müssen. Ich nahm ihre Hand im Kino und war selig. Mag sein, dass ich sie auch hätte küssen sollen ... keine Ahnung.

Sie liebte Tucholsky und Rilke. Ich habe monatelang an einem Gedicht gefeilt, dann habe ich es irgendwann endlich gewagt und mich mit dem Gedicht unter ihr Fenster gestellt."

„Wow."

„Naja, erst traf ich mit den Steinchen nicht und dann sah ich: zum Glück! Sie stand mit Jörg am Fenster; er hatte wohl etwas früher etwas mehr Initiative gezeigt. Ich bin wieder gegangen."

„Sie hat das Gedicht nie gehört?"

„Doch, aber erst sehr viel später. Sie studierte weit weg und wir hatten uns seit Jahren nicht gesehen, aber wir hatten uns die ganze Zeit Briefe und Karten geschrieben, weniger wegen des Inhalts – das, was ich für sie fühlte, habe ich mich nicht getraut zu schreiben, wenn nur als Ironie oder Scherz – mehr, damit wir uns immer wieder neue Briefmarken zuschicken konnten. Wir hatten uns, bevor sie wegzog, verabredet, uns irgendwann wiederzutreffen und dann gemeinsam die gesammelten Briefmarken abzulösen und einzusortieren. Mit den deutschen Briefmarken waren wir schnell durch und so machten wir oft kurze Reisen ins Ausland. Ich bin während meines Studiums einen Monat mit einem Interrail-Ticket quer durch Europa gefahren und habe eine unsinnige Karte nach der anderen geschickt. Meistens eine komplett schwarze Karte mit der Aufschrift: *Prag, Madrid, London Paris, Lissabon usw. bei Nacht.*

Und dann haben wir uns tatsächlich bei einer dieser Briefmarken-Auslandseinsätze getroffen. Sie war auch in die Normandie gefahren und wir trafen uns zufällig auf einem Straßenflohmarkt. Jörg war allerdings auch da, denn sie waren immer noch zusammen. Elka und ich schauten uns mit Begeisterung die Stände an, während Jörg die meiste Zeit allein rumschlenderte und sich nur für Essensstände wirklich interessierte. An einem Stand gab es selbstgebrannten Calvados. Elka probierte einen Schluck, schloss entzückt die Augen und sah sehr zufrieden aus, als sie mir den Becher reichte, damit ich auch probiere. Ich achtete sorgfältig darauf, dass meine Lippen den Becher an der gleichen Stelle berührten, wie die ihren eben und als ich trank ... wie bei der ersten Berührung der Hände: Wärme, direkt ins Herz, von da sich überall im Körper ausbreitend. Wir haben uns jeder eine Flasche gekauft. Am Abend aßen wir zusammen mit ein paar Freunden der beiden auf einer Holzterrasse, Elka und ich tranken Calvados und irgendwann berührten sich unsere Füße zufällig unter dem Tisch. Es war warm und wir beide barfuß. Elkas Fuß zuckte spontan zurück, aber als sie kontrolliert hatte, dass es mein Fuß ist, war auch ihr rechter Fuß wieder da und ruhte auf meinem linken. Diesmal die gleiche Wärme vom Fuß zum Herzen. Elka erzählte über dem Tisch fröhlich weiter, auch als mein rechter Fuß nun zärtlich ihren Fuß streichelte. Sie schüttete mir Calvados nach und prostete mir zu. Stereo fürs Herz – Wärme von oben und unten, von allen Seiten.

Zum Glück wurden alle anderen schnell müde und die Freunde und Jörg waren irgendwann Richtung Bett verschwunden und wir gingen noch mit dem Rest Calvados an den Strand und nach einem großen Schluck Wärme und bei passendem Sternenhimmel sagte ich das Gedicht auf und danach waren nicht nur die Füße sehr zärtlich zueinander."

Die beiden wurden schon wieder von Schwester Gabi unterbrochen. Max hatte allerdings das Gefühl, dass Herr Bömmel sowieso gerade etwas Ruhe zum Träumen gebrauchen konnte.

Birte war am Feierabend nicht auf ihrer Bank.

Max ging noch einmal ins Heim und eine Schwester vom anderen Wohnbereich erzählte ihm, dass Birte eben mit ihrer Oma ins Krankenhaus gefahren sei. Diese habe womöglich einen Schlaganfall erlitten.

Max machte sich ratlos auf den Rückweg. Was erwartete sie jetzt von ihm?

Sie hatte mit einem Gedicht vorgelegt. Er hatte auf ihrer Bank sehen wollen, wie sich das Gespräch entwickeln würde um dann, falls es einigermaßen passen würde, ein Gedicht zu rezitieren, je nach Stimmung *Stufen* oder den *Panther*. Vielleicht auch *Augen der Großstadt* von Kurt Tucholsky. Das hatte er in seiner Pause - nach Herr Bömmels Erwähnung von Tucholsky - im Internet gefunden und es gefiel ihm eigentlich sogar noch besser als die beiden anderen.

Und nun?

Sollte er es trotz allem nachher unter ihrem Balkon wagen? Der *Panther* war schön, aber traurig und sie war wahrscheinlich schon so mehr als traurig. *Stufen*? Ein Gedicht über Anfänge, wenn sie gerade nur mit dem Ende einer geliebten Person beschäftigt war? Und *Augen der Großstadt* war womöglich das Melancholischste von allen. Und, würde sie überhaupt da sein?

Oh Mann, als wenn Birte erobern nicht so schon schwierig genug gewesen wäre, musste denn nun auch noch ein Problem nach dem anderen das Ganze weiter verkomplizieren?

Konnten sie nicht einfach unbekümmert über Flohmärkte spazieren, Füße streicheln und am Strand sitzen, trinken, lieben?

Nachdem er zuhause eine halbe Stunde lang vergeblich versucht hatte, ein der Situation angemessenes Gedicht zu verfassen, fuhr Max mit dem Rad ziellos durch die Gegend, kaufte dann spontan im REWE den einzigen Calvados, den es dort gab und fuhr noch einmal zu Herrn Bömmel. Vielleicht wusste der Rat.

Herr Bömmel strahlte, als er den Calvados sah und trank mit geschlossenen Augen.

So ein verzücktes Gesicht hatte Max noch nie gesehen.

Ist das Verzückung oder bereits Entrückung?

Wenn er weiter so intensiv versuchte, Gedichte zu schreiben, würde er bald nur noch in Reimform denken.

Herr Bömmel hatte immer noch die Augen geschlossen und atmete sehr tief.

War das wirklich Verzückung? Max war beunruhigt.

Als Herr Bömmels Zustand sich auch nach einer Minute immer noch nicht veränderte und seine Augenlider immer wilder flatterten, die nun halb geöffneten Augen leicht verdreht aussahen und der ganze Mann immer mehr schwankte, brach Max der Schweiß aus – Was hatte er da angerichtet?

„Herr Bömmel! Alles in Ordnung?"

„Oh ... Oh, ja."

„Sie sterben doch jetzt nicht?"

„Och ... So kann man das durchaus nennen ..."

„Nein!"

Jetzt bemerkte Herr Bömmel die Panik in Max' Stimme, machte die Augen ganz auf und lächelte ihn an.

„Max. Wir müssen alle mal sterben. Aber bevor es wirklich so weit ist, sollte man, um erfüllt gelebt zu haben, ein paar Mal vor Glück gestorben sein. Ich bin das oft, aber schon lange nicht mehr. Übrigens: Mir ist das Gedicht wieder eingefallen."

Herr Bömmel rezitierte, ohne dass Max das Gefühl hatte, dass er mit ihm sprach, trank dann noch einen Schluck Calvados und behielt ihn wieder sehr lange im Mund. Als er schluckte, öffnete er die Augen, sah in Max' Richtung, sein Blick allerdings irgendwo in sehr weite Ferne schweifend.

„Mir geht es gut. Wunderbar. Mach Dir keine Sorgen. Ich glaub, diesen Augenblick würde ich gerne allein genießen."

Max freute sich für Herrn Bömmel – auch wenn er immer noch ein bisschen besorgt um dessen Gesundheit war – aber richtig weitergeholfen bei einer der vielen komplizierten Entscheidung hatte ihm das jetzt nicht. Im Gegenteil, jetzt also noch ein Gedicht mehr zur Auswahl. Auch dieses nicht gerade passend zur Situation, dafür immerhin garantiert eins, das Birte noch nicht kannte.

Max fuhr vom Heim direkt zu Birte, ohne zu wissen, was er machen sollte, wenn er ankam. Dass er jetzt zu ihr musste, das fühlte er sehr deutlich. Dass es heute wohl nicht ums Erobern ging, war zwar etwas ärgerlich, da er nicht wusste, ob er das bisschen Selbstbewusstsein, dass er mühsam zusammengekratzt hatte, irgendwie bis zum passenden Zeitpunkt eintuppern konnte, andererseits gab es ihm wahrscheinlich Zeit bei diversen Entscheidungsfindungen bezüglich Strategie und Gedichtauswahl.

Als Max das Rad bei Birtes Haus abstellte, sah er sie auf dem Balkon stehen und ging zu der Seite des Hauses. Julia, äh Birte strahlte ihn an.

„Oh Romeo! Du hier? Oh nein. Es ist nur der Apotheker."

Das war jetzt auf so viele Weisen auf einmal verwirrend.

Sie musste ihn in der Theater-AG gesehen haben, was er bisher nicht gewusst hatte, was ihn freute, gleichzeitig ärgerte ihn, dass er damals doch nur den Apotheker gespielt hatte, er hätte eigentlich Romeo spielen sollen, hatte den aber nicht so interessant gefunden wie den Apotheker, aber, war sie nun, beziehungsweise schon damals und heute noch mehr, enttäuscht gewesen, dass er nur der Apotheker war? War da ein Romeo, auf den sie wartete? RUHE! Max! Reiß dich zusammen! Sie hat dich angestrahlt und das Entscheidende ist doch: Sie hat es vorgegeben – keine bitterernste Stimmung. Theater. Lyrik. Doch das Gedicht, jetzt!

Aber welches?

Oh Gott! Und die Stimme, die Bewegung dabei!

Max schaffte es mit Mühe bis unter ihren Balkon. Selbst wenn er gewusst hätte, wie er sich hätte bewegen sollen, seine Knie waren so weich, er schaffte es geradeso einigermaßen schwankungsfrei stehenzubleiben.

„Oh Julia, gestattet dem Apotheker euch ein selbstgemixtes Gedicht vorzutragen."

„Es sei."

Im dritten Anlauf kam endlich etwas mehr als ein Krächzen aus Max' Mund und er rezitierte mit lauter Stimme Bömmels Gedicht:

„Bevor du in mein Leben tratst,
stand ich oft in klarer Nacht,
still die Schönheit der Sterne
und die Magie des Mondes bewundernd.

Heute richte ich meinen Blick gen Himmel,
sehe Mond und Sterne,
wie sie andächtig auf die Erde schauen,
bezaubert von deiner geheimnisvollen Schönheit."

Birte kletterte am Efeu neben dem Balkon runter:

„Deutlich besser, als wenn sich jetzt Himmel und Erde geküsst hätten. Das ist aber nicht wirklich von dir, oder?"

„Von mir für dich!"

War das auch nur im Ansatz glaubwürdig? Kennen konnte sie es doch nicht, oder? Hatte es ihr überhaupt gefallen?

„Okay ... Es ist schön, aber als ein erstes Gedicht zum Erobern des Herzens der Angebeteten? Ein bisschen zu erwachsen und zufrieden, als wären wir alt und würden uns schon lange kennen, wären glücklich liiert, als wären wir nicht am Anfang, beim Umwerben."

„Über Anfang habe ich auch ein Gedicht."

„Also gut. Alles auf Anfang. Ich lausche, Herr Apotheker."

Sie sah ihn amüsiert, aber mit warmen Augen an.

Max begann „Stufen" zu rezitieren und Birte lächelte erst erkennend und dann anerkennend.

„...und jedem Anfang wohnt ein Zauber inne ..."

Birte hatte inzwischen die Augen geschlossen und seufzte zufrieden bei dieser Stelle, die auch ihm am besten gefallen hatte.

„Fabelhaft. Obwohl es eigentlich um Vergänglichkeit geht, trotzdem ein toller Anfang für etwas Unvergessliches. Und bitte, behaupte nicht, dass das von dir ist!"

„Nein. Das erste auch nicht."

Max war froh, dass Birte ihn anlächelte.

„Danke. Ehrlich ist das Gedicht gleich viel besser. Es ist sogar wunderschön. Wenn wir irgendwann ein paar Jahre zusammen sein sollten, darfst Du mir das sehr gerne nochmal vortragen! Kannst du den Panther immer noch auswendig?"

„Ja. Woher weißt du ...?"

„Ich habe nicht nur *Romeo und Julia* angeschaut. Als Rilke fand ich dich noch viel besser. Waren die Gedichte, die du vorgetragen hast, auch alle von dir selbst?"

„Selbstverständlich."

„Na dann, komm rein, Rainer Maria!"

Birte kletterte das Efeu deutlich flinker hoch als Max.

Sie setzte sich auf ihr Bett und lauschte andächtig, während Max die drei Rilke-Gedicht rezitierte, die er seit dem Theaterstück auswendig kannte. Die meiste Anspannung war inzwischen von ihm abgefallen und von den Aufführungen damals hatte er noch eine Vorstellung davon, wie er sich zu welchem Gedicht am besten bewegte. Birte strahlte ihn an, als er fertig war.

„Du warst schon damals gut, aber inzwischen hast du auch eine richtig coole, männliche Stimme dafür."

Auch das zweite Kriterium der Bedienung erfüllt. Hätte er sie bloß noch gefragt, was ihr Freund nach dem Rezitieren der Gedichte gemacht hatte!

„Apropos Stimme. Du wolltest mir Gitarre vorspielen. Kannst du dazu auch singen?"

„Ja."

„Fabelhaft. Kannst du zufällig *House Of The Rising Sun*? Das ist mein Lieblingslied."

„Nicht auswendig. Übe ich bis zum nächsten Mal. Versprochen."

„Ich freu mich drauf."

Birte sah ihn erwartungsvoll an. Er nahm die Gitarre und setzte sich neben sie auf die Bettkante. Ach, wenn er doch bloß etwas mehr geübt hätte und mehr Lieder könnte!

Max spielte und sang die vier Lieder, die er sicher konnte, jeweils einmal *Reinhard Mey*, *Bob Dylan*, *Simon & Garfunkel* und zum Schluss *Streets Of London*. Nach dem letzten Lied schmerzten seine Finger und Birte sah das erste Mal heute Abend wieder melancholisch aus. Natürlich passend zum Lied, aber wohl mehr noch ...

„Wie geht es deiner Oma?"

„Ach, zum Glück nicht so schlimm, wie befürchtet. Sie bleibt noch über Nacht im Krankenhaus, aber ein Schlaganfall war es nicht. Wie üblich: sie selbst hat auch das heute nicht so mitgenommen wie mich. Es ist alles gerade etwas zu viel für mich. Ich habe so sehr gehofft, dass du kommst."

„Selbstverständlich."

„Den bisherigen Erfahrungen in meinem Leben nach nicht wirklich. Umso schöner, dass du hier bist. Danke für die Ablenkung, für die Lieder, du ... Oh Mann. Ich denk auch nur noch an mich! Dir ging es doch auch gerade nicht so besonders. Ich hatte gestern dauernd das Gefühl, du wolltest mir noch irgendetwas Dunkles von dir erzählen."

„Oh ... Ja, in der Tat."

Max hatte heute noch gar nicht daran gedacht, aber nun sprudelte die Geschichte vom Laptop seines Vaters aus ihm heraus. Schon nach wenigen Sätzen befahl Birte ihm, die Gitarre wegzulegen und diesmal umarmte sie ihn, genau wie er sie vor wenigen Tagen in den Arm genommen hatte. Weinen musste er nicht, hatte er noch nie gekonnt, aber nach der Erzählung seinen Kopf an ihre Schulter lehnen, das tat gut.

„Oh Mann, was ein Scheiß. Du brauchst ein paar Lieder, mindestens genauso dringend wie ich."

Birte nahm die Gitarre, stimmte diese und spielte und sang dann für ihn, *House Of The Rising Sun, Über den Wolken* und dann ein wunderschönes Lied, das Max noch nicht kannte.

„Wie heißt das letzte Lied?"

„Das ist *Someone Just Like You* von *K's Choice*. Hat es dir gefallen?"

„Es ist wunderschön, mehr als ... wow! Mir fehlen gerade Worte, insbesondere Adjektive, aber als du das gerade gesungen hast – *more like a home somehow* – ich hatte eine Gänsehaut auf dem Herzen."

Birte sah ihn verblüfft an und Max biss sich erschrocken auf die Lippen. Das war ihm so rausgerutscht. War das Blödsinn? Birte hatte Bio-Leistungskurs. Es kam ihm jetzt auch irgendwie albern vor ... aber es hatte sich wirklich genau so angefühlt.

„Max. Ich habe erst ein Kapitel gelesen, aber: Du bist jetzt schon eines meiner Lieblingsbücher."

Birte kam ihm sehr nah. Er hatte den Schal doch noch gar nicht an. Oh ...

Nach einem sehr langen und intensiven, irgendwie trotzdem viel zu kurzen, musste sowas überhaupt ein Ende haben? Kuss saßen sie beide etwas unsicher auf der Bettkante.

Max hatte sich diesen Moment so oft vorgestellt in den letzten Tagen und immer war es nur ein Anfang gewesen (und dabei waren seine Vorstellungen nie so verwegen gewesen, dass sie beim ersten Kuss schon auf einer Bettkante saßen), aber nun saß er da, erschlagen von Glück und wünschte, er könnte einfach nur diesen Zauber für immer einfrieren. Kurz sogar das Bedürfnis, jetzt für einen Moment allein zu sein, um in Ruhe auf die Knie fallen zu können und jubelnd die Beckerfaust zu ballen. So viel fiel von ihm ab in diesem Augenblick, so viel Last und Angst und Gedankenwirrwarr ohne Ende. Die würden wiederkommen und doch: Alles war anders jetzt. Nichts würde noch mal so sein wie vorher. Wie hatte Birte eben gesungen: *The world seems different now, more like a home somehow.*

Genaugenommen eher das erste Mal überhaupt like a home somehow.

Birte sah ähnlich ... ja was denn eigentlich: verwirrt? erschlagen? befreit? glücklich? aus. Doch. Auch sie schien vor allem glücklich zu sein. Bloß, wie jetzt weiter? Wie diesen Augenblick nicht zerstören? Das schien fast noch schwieriger als ihn herbeizuführen.

Birte legte ihre Hand auf seinen linken Unterarm und seufzte mit einem fröhlichen Grinsen beim Kopfschütteln:

„Du bist auch gerade ein bisschen verkopft und überfordert, oder? Ich habe heute Mittag mit vielem gerechnet für diesen Tag: Endlich der schon lange angebrachte komplette Nervenzusammenbruch, auf dem Balkon stehend hatte ich ziemlich üble Gedanken und ... so sehr ich wünschte, dass du vorbeikommst, dachte ich doch, dass ich heute keinen Romeo ertragen könnte. Doch dann kommt stattdessen der Apotheker vorbei, mit genau der richtigen Medizin. Und plötzlich – the world seems different now. Krasser können Gegenteile doch kaum sein, oder? Heute Mittag hätte ich selbst dich nicht ertragen können und nun, nur ein paar Stunden danach auf einmal ... different, sehr different, extremly different. Hell there was and now ... a home? Ich kann es gerade noch nicht wirklich begreifen ... Ich brauch gerade ... Keine Ahnung. Kannst du mir irgendwas mit Büchern erzählen?"

Max war sehr erleichtert, dass er nicht die einzig überforderte Person im Raum war.

„Jo. Tatsächlich wollte ich dir etwas erzählen, was mit einem Buch zu tun hat. Bevor ich deinen Brief gestern aus unserem Briefkasten holte ..."

Max erzählte Birte vom Kaffeetrinken vorher und nachher und über das Buch *The Perfect Coffee* von *Chinz*.

„Chinz? Hab ich noch nie gehört. Lohnt sich das Buch?"

„Zumindest das Beste, was wir für die Schule lesen mussten."

„Ich glaub, der kommt ganz oben auf den Stapel mit den zu lesenden Büchern."

Irgendwie war nun geklärt, dass sie sich heute nicht mehr küssen würden. Sie unterhielten sich noch eine Weile über Bücher, über Musik, über all das Wesentliche im Leben, außer über sich, halt nur immer wieder anschneidend, dass das Leben nun different sein würde, offensichtlich beide ohne jegliche Ahnung, was das genau bedeuten würde.

Als Birte zwischendurch auf Toilette war, zupfte Max, an *The Perfect Coffee* denkend, auf der Gitarre die Buchstaben ihres Vornamens, die es als Noten gab. B und E – sehr viel schlimmer klingend ging kaum. Wie sollte er daraus ein wohlklingendes Lied basteln? Das hätte selbst Ted Coffee nicht geschafft! Oder? Als er die Toilettenspülung hörte, legte er die Gitarre schnell beiseite.

Eine sehr lange innige Umarmung zum Abschied, beide wussten nichts wirklich ausreichend Unglaubliches zu sagen, ein flüchtiger Kuss auf die Lippen, ein gehauchtes „Bis morgen." und Max kletterte das Efeu hinunter.

Irgendwie ist es nun also doch ein Praktikum als Apotheker geworden, dachte er grinsend, bevor er einschlief.

10. Tag

Herr Bömmel sah Max gespannt an: „Und? Seid ihr zusammen?"

„Ja."

Max war erschrocken von seiner eigenen Antwort und schüttelte unsicher den Kopf.

„Ich glaube ja, andererseits ... Ich bin mir nicht sicher. Sie sagte zuerst, wir seien erst am Anfang, beim Umwerben, aber später wurde es doch schon sehr ... Woran erkennt man, dass man zusammen ist?"

Herr Bömmel zuckte die Schultern.

„Ich weiß nicht, wie das heutzutage ist. Wir haben früher gefragt, ob sie mit uns gehen will. Ich bin kein Fachmann, was das angeht, aber ich würde sagen: Wenn sie dich wild küsst und dir die Kleider vom Leib reißt, bist du nah dran."

...

„Ach, guck nicht so geschockt. Das war ein Scherz. Wie gesagt, am deutlichsten und einfachsten ist es, wenn es mit Worten geklärt wird. Noch schöner ist, wenn es unmissverständliche körperliche Signale gibt. Gab es die?"

„Jo. Ein sehr langer Kuss war da schon, aber danach ... nichts mehr in der Richtung."

„Also doch weiterhin Schrödinger. Andererseits: Es ist im Nachhinein gar nicht schlimm, wenn du es eine Weile nicht weißt. Dieser Schwebezustand, Unsicherheit, erwartungsfrohe Hoffnung, das ist eine sehr spannende Zeit."

„Ja, Vorfreude zelebrieren ist cool, ich weiß. Aber haben Sie nicht zu lange gewartet bei Elka? Wäre das Gedicht früher fertig geworden oder Sie hätten direkt auf andere Weise, wie sagten Sie gestern: Ihre Absichten kundgetan, dann wären Sie vielleicht mit ihr zusammen und ihr - wie hieß er noch? - wäre ihr erspart geblieben."

„Ja. Das kann sein. Trotzdem war es die beste Zeit meines Lebens, die mich noch jahrelang inspiriert hat. Mir fallen übrigens dauernd wieder Gedichte ein und kleine Episoden aus Romanen, aber ich weiß nicht, ob ich die veröffentlicht oder überhaupt ausformuliert und aufgeschrieben habe. Ich kann mich nur daran erinnern, wie und wo sie mir einfielen, zum Teil, welche Musik ich dabei hörte oder welches Getränk ich trank, der Kuss der Muse ist oft das viel Spannendere und Unvergesslichere als die Literatur die später daraus entsteht."

„Könnten Sie die Bücher nicht einfach noch mal schreiben, wenn Ihnen die Geschichten jetzt wieder einfallen?"

„Ich hatte auch schon die Idee. Aber ich glaube, dafür bin ich zu müde. Der Geist erwacht gerade erst wieder und ist froh, dass er im Alltag wieder einigermaßen zurechtkommt. Ach, und selbst wenn ich mich wieder in die Weiten der Fantasie trauen würde. Die Bücher und Geschichten würden heute völlig anders, weil das Feuer der ersten Inspiration nachgelassen hat und noch mehr, weil ich inzwischen eine völlig andere Person bin. Allerdings, das muss nichts Schlechtes sein. Ich habe früher ... Oh ... Oh! Ich habe ... Das wäre ja ..."

„Was?"

„Mir ist gerade etwas eingefallen. Vielleicht sind meine wichtigen Sachen doch nicht auf dem Müll."

Es klopfte.

Och nö, nicht schon wieder Schwester Gabi! Ausgerechnet jetzt!

Doch zum Glück war es das exakte Gegenteil. Schwester Angelika kam strahlend mit einem Buch in der Hand rein. Sie hatte bei Ebay ein Exemplar von Bömmels Gedichtband ersteigert und drückte es ihm in die Hand.

Alle drei blätterten interessiert durch das Buch, aber Herr Bömmel schlug es nach wenigen Minuten zu und sah nun auch Angelika aufgeregt an:

„Es könnte sein, dass die anderen Gedichte, meine Manuskripte und ein paar meiner wichtigsten Erinnerungen doch nicht verloren sind. Ich glaube, ich hatte ein Geheimversteck hinter einem Bild im Haus eingerichtet und alles dort reingetan."

„Sie glauben?"

„Ja. Ich weiß es nicht. Wie bei den Romanen, von denen ich nicht mehr weiß, ob ich sie nur gedacht oder auch schon aufgeschrieben habe. Ich weiß, dass ich einen Film gesehen habe, in dem es so ein Geheimversteck gab, hinter einem Bild. Das Geniale dabei: Das Bild konnte nicht wie üblich abgehängt werden und dahinter ein Tresor, sondern das Stillleben musste im Rahmen hochgeschoben werden und dann war dahinter ein großer Raum, um etwas zu verstecken. Ich weiß noch, dass ich völlig begeistert von der Idee war und ich meine auch, dass ich es gebaut habe ... aber sicher bin ich nicht. O weh! Es gibt so wenig bei dem ich mir sicher bin."

„Wir werden es herausfinden! Ich habe frei und werde heute Nachmittag bei den Nachbesitzern vorbeifahren und nachschauen. Welches Bild, in welchem Raum?"

Max brannte darauf, Birte von der hoffnungsvollen Neuigkeit zu erzählen, doch leider wartete sie wieder nicht auf ihrer Bank, dafür lag dort diesmal ein Zettel, der mit fünf mit Rosen bemalten kleinen Steinchen beschwert war:

Erwarte das Erzittern meiner Fensterscheibe ab 18 Uhr

Gut, dass Angelika ihm ihre Telefonnummer gegeben hatte, für den Fall, dass etwas mit Herrn Bömmel sei. Er rief sie an und fragte, ob er mit zu Bömmels altem Haus könne.

„Klar."

Vor Ort überlegten sie, dass es besser sei, dass Angelika allein zum Haus ginge, um zu fragen. Sie sah einfach deutlich seriöser aus.

„Die meisten Leute lassen eine einzelne, erwachsene Person rein. Bei zweien, und gar einem Jugendlichen, werden viele skeptisch. Kann man ja verstehen. Es gab vor ein paar Monaten eine Serie mit einem sehr jungen Pärchen, dass um ein Glas Wasser bat und dann lenkte einer die Bewohner ab und der andere raubte das Haus aus, während er angeblich zur Toilette musste."

Max blieb im Wagen sitzen, und sah der Katze zu, die in den Garten lief, als eine Frau die Tür öffnete. Angelika und sie unterhielten sich nur eine Minute an der Tür, dann kam Angelika enttäuscht zum Auto zurück.

„Sie wollte sich die Geschichte gar nicht anhören. Sehr unangenehme Frau. Der Makler habe gesagt, dass hier vorher sehr ehrenwerte und saubere Deutsche gewohnt hätten, die alles völlig ordnungsgemäß und picobello übergeben hätten. Ich habe ihr gesagt, der Vormieter sei Deutscher gewesen und sehr ehrenwert, aber sie wurde immer abweisender. Blöde Kuh."

„Dann können wir nichts machen? Hat Herr Bömmel nicht irgendwie ein Recht darauf, dass sie das rausgeben, was noch von ihm als Besitz da ist?"

„Er ist sich ja nicht mal sicher, dass da etwas war. Wenn etwas da war, wissen wir nicht, ob es jetzt noch da ist oder ob es das Entrümpelungsunternehmen entsorgt hat. Aber du hast Recht: Wir können nicht einfach aufgeben. Ich rufe noch mal den Betreuer an, werde mich mal bei einer befreundeten Rechtsanwältin erkundigen. Vielleicht gibt es da noch Möglichkeiten. Ich bleib dran. Versprochen."

Am Nachmittag war noch bestes Wetter gewesen, doch als Max um Punkt 18:00 direkt mit dem ersten Steinchen traf, tröpfelte es leicht und bei der dritten Strophe von *House Of The Rising Sun* fing es richtig an zu regnen.

„,...one foot on the platform, the other in the rain ..."

Birte lachte, rief ihm, als er mit dem Lied fertig war „Warte einen Moment!" zu und lief in ihr Zimmer.

Hallo? Kann sie mich mal zügig reinbitten? Ich werde klitschnass!

Max stellte sich und die Gitarre unter den Balkon, da war Birte auch schon wieder auf dem Balkon zurück, mit Regenschirm, Hut und einem Ghettoblaster.

Sie warf ihm Hut und Schirm zu und stellte *Singing in The Rain* an.

Max nahm die lautlosen Flüche, die er Petrus eben noch zugeworfen hatte, zurück und bedankte sich mit einem Nicken in die Wolken.

Das war so viel besser als Gedichte oder Lieder! Er hatte schon bei mehreren Feiern in der Tanzschule sehr gekonnt Gene Kelly imitiert. Und während beim Singen eben seine Stimme und Finger sehr gezittert hatten – beim Tanzen fühlte er sich sicher. Arme und Beine bewegten sich genau wie sie mussten, ohne dass er sich dafür konzentrieren musste. Der schmale Baum im Vorgarten diente als Laternenpfahl. Max fügte einige zusätzliche Elemente ein, wie den Schirm in die Luft werfen, ein Rad schlagen und den Schirm wieder auffangen. Bei den Feiern hatte er sich das nicht getraut, weil es bei den Proben nur selten geklappt hatte, aber heute gelang es beide Male, beim zweiten Mal sogar, ohne dass er aus dem Takt kam.

Als nächstes Lied kam *It's Raining Again* von Supertramp. Birte war bereits zu ihm runtergeklettert und nun tanzten sie zusammen mehrere Lieder im nun wieder nur sehr leichten Regen.

Alles lief deutlich besser, als Max es sich erträumt hatte. Zwar lehnte Birte seinen Vorschlag, zum Aufwärmen zusammen heiß zu duschen, mit Hinweis auf frauliche Probleme ab, aber ihr Alternativvorschlag, sich unter der Decke ihres Bettes warm zu kuscheln, bis seine Klamotten auf der Heizung getrocknet sein würden, war kaum weniger verlockend.

Max spürte schon nach einer Minute keinerlei Kälte mehr, umso mehr vom Gegenteil.

Beim Hocklettern am nassen Efeu waren beide beim ersten Versuch abgerutscht. Ernsthaft verletzt hatte sich keiner von ihnen, aber nun flüsterten sie sich unter der Decke gegenseitig unzählige Stellen zu, wo es angeblich weh tat und pusteten und streichelten sich gegenseitig die imaginären Schmerzen weg.

Nur ganz am Rande streifte Max der erfreuliche Gedanke, dass er nichts dachte.

Der Kopf schwieg das erste Mal in seinem Leben andächtig.

Birte erschauderte, als er ihr sanft ins linke Ohr pustete und verspannte sich im nächsten Moment komplett. Draußen war das sehr geräuschvolle Zuschlagen von Autotüren zu hören gewesen. Birte richtete sich auf.

„Och nö ... Scheiße! Scheiße! Die wollten doch frühstens um zehn zurück sein!"

Ohne hinzuschauen, wie in einem Reflex, hatte sie mit einer Hand das Buch und den kleinen Stoffteddy vom Nachttisch gegriffen und unter die Bettdecke gestopft.

Auch das Zuschlagen der Haustür war nicht leise, aber nichts im Vergleich zur Lautstärke der Beschimpfungen, die nun erst auf dem Flur und dann in der Küche im Erdgeschoss losbrachen.

Birte und Max versuchten sich gegenseitig die Ohren zuzuhalten, aber es nützte nichts. Das klatschende Geräusch aus dem Erdgeschoss hörten sie trotzdem, danach ein winziger Moment Stille, ein kurzer lauter Schrei, noch ein klatschendes Geräusch, ein umstürzender Stuhl, das laute Zuschlagen einer Tür und dann, zwar leiser, aber nicht weniger schrecklich ein ausdauerndes Weinen in der Küche.

Max und Birte hielten sich inzwischen unter der Decke fest umschlungen, trotzdem war ihnen nun beiden kälter als nach dem Regen vorhin und Birte vibrierte nicht mehr vor Erregung, sondern weil sie versuchte, ihr Weinen zu unterdrücken. Es gelang ihr nicht lange. Sie schluchzte und hyperventilierte ein bisschen. Max hielt sie fest und streichelte sanft über ihren Rücken, suchte verzweifelt, aber überwiegend erfolglos nach tröstenden Worten. Wie soll man Hölle schönreden?

Das Weinen aus dem Erdgeschoss war nicht mehr zu hören, nachdem Birtes Vater den Fernseher sehr laut aufgedreht hatte.

Birte hatte sich etwas beruhigt, ging zur Tür und schloss ab.

„Meine Mutter kommt manchmal nach solchen Tagen zu mir, um Trost zu bekommen. Aber ich kann gerade wirklich nicht und es wäre wahrscheinlich auch nicht hilfreich, wenn sie dich hier sähe. Glück ist in diesem Haus nicht so angesagt. Dein Hemd ist fast trocken, deine Hose allerdings noch lange nicht."

„Kann ich dir irgendwas Gutes tun?"

„Halt mich einfach fest und flüstre mir unter der Decke alle Gedichte zu, die du auswendig kannst. Vielleicht kann ich so das Erdgeschoss des Grauens ausblenden."

Max rezitierte eine gute halbe Stunde lang, überwiegend den Panther, und bemerkte erleichtert, dass sich Birte immer mehr entspannte und schließlich in seinem Arm einschlief.

Eine weitere halbe Stunde später schlief allerdings auch sein Arm ein.

Im Erdgeschoss war, nach noch einigen geknallten Türen – Birte zuckte jedes Mal zusammen, schlief aber ruhig weiter, wenn Max sie drückte und leise die zweite Strophe des Panthers rezitierte – Ruhe eingekehrt.

Max zog vorsichtig seinen Arm unter Birte raus. Sie wurde unruhig und halb wach, kuschelte sich aber zufrieden an ihn, als er ihr leise *House of The Rising Sun* vorsang. Schon bei der zweiten Strophe atmete sie wieder ruhig und hatte auch endlich wieder ein Lächeln im Gesicht. Nach dem Lied war sie eingeschlafen.

Max betrachtete noch eine Weile ihr im Schlaf sogar noch schöneres Gesicht.

Würde sie später irgendjemand verträumt erzählen, wie er ihr den Panther rezitiert hatte? Auch wenn die Umstände nicht gerade romantisch gewesen waren.

Er mochte das Gedicht schon seit Jahren, kam sich ja selbst oft vor wie ein eingesperrtes, einsames Tier, dessen einst großer Wille völlig verkümmert war in so vielen Käfigen. Und nun lag da neben ihm eine zusammengekauerte Pantherin, die einen mindestens genauso furchtbaren Käfig hatte wie er. Waren sie jetzt aber nicht irgendwie zusammen in einem gemeinsamen Käfig? Das war schon so viel besser. Vielleicht würde ihnen gemeinsam sogar der Ausbruch gelingen.

Seine Kleidung war einigermaßen trocken. Max schrieb Birte einen Zettel, legte ihn auf ihren Schreibtisch und eines der Steinchen drauf, er legte den kleinen Teddy neben sie und drückte das Buch vom Nachttisch sanft in ihre Hand, damit sie einen Schutz hatte, wenn sie aufwachte.

Er kletterte am Efeu runter und ging mit der Gitarre unter dem Arm und einem sehr verwirrten Gefühl im Herzen nach Hause.

11. Tag

Max erzählte Herrn Bömmel bei dessen Frühstück in allen Details vom gestrigen Abend und dieser war adäquat beeindruckt.

„Das gefällt mir als Schriftsteller und Poet natürlich besonders gut: Ein Buch als Beschützer und Freund in der größten Not. Da bekomme ich doch gleich Lust, etwas zu schreiben."

Dafür war allerdings gerade keine Zeit.

Nach dem Frühstück fuhr Angelika mit Herrn Bömmel noch einmal zum Neurologen und Max verbrachte den Vormittag damit, Frau Richmann vorzulesen, immer wieder unterbrochen von Schwester Gabi, die ihre Aufgabe - Max den morgigen Abschied zu erleichtern – sehr ernst nahm und ihm noch mal alles Unangenehme, was ihr einfiel, auftrug.

Max konnte es nichts anhaben – sein Patronus war einfach zu gut.

Er hatte am Morgen im Briefkasten einen kurzen und sehr duftenden Brief von Birte gefunden, in dem sie sich für seine wohltuende pflegerische Betreuung bedankte und ihn für den Nachmittag zu sich nach Hause einlud, um zusammen einen

Kuchen als Abschiedsgeschenk für den letzten Tag des Praktikums zu backen. Eine Idee, auf die Max von allein nie gekommen wäre.

Angelika kam gegen Mittag mit Herrn Bömmel und hoffnungsvollen Nachrichten auf den Wohnbereich. Der Neurologe hatte von guten Aussichten auf eine vollständige Genesung gesprochen.

„Eigentlich geht es mir sogar besser als vorher. So gute Blutwerte hatte ich jedenfalls schon lange nicht mehr und ich war noch nie so mit Vitaminen vollgepumpt."

Trotzdem war er vom Vormittag erschöpft und legte sich für ein Mittagsschläfchen hin.

Angelika seufzte, nachdem sie aus dem Zimmer gegangen waren:

„So erfreulich wie das alles ist. Ich weiß nicht wirklich, wie es am besten für ihn weitergehen könnte. Auf diesen Wohnbereich gehört er definitiv nicht mehr, eigentlich überhaupt nicht in ein Pflegeheim. Wenn sein Haus bloß nicht verkauft worden wäre. Er hat vom Verkauf zwar ein bisschen Geld übrig, aber das reicht bei weitem nicht, um sich ein anderes Haus oder eine Wohnung zu kaufen, genaugenommen wohl nur um ein paar wenige Jahre irgendwo in einer nicht zu teuren Wohnung die Miete zu bezahlen. So genau wollte oder konnte mir der Betreuer das nicht sagen. Ich habe jedenfalls schon beim Amtsgericht angeregt, dass die Betreuung aufgehoben wird. Der Amtsrichter will nächste Woche vorbeischauen."

„Aber hat er als Lehrer nicht eine gute Rente?"

„Er ist erst spät Lehrer geworden, Quereinsteiger mit über vierzig, glaub ich, und hat auch vor dem Renteneintrittsalter aufgehört. Ach, das wird schon. Er hat gerade so einen Lauf, das regelt sich auch noch. Vielleicht kann er diese blöde Frau Doktor Hohl verklagen und die muss ihm dann ihr Haus überschreiben und zieht selbst auf einen Dementen-Wohnbereich, die dumme Nuss. Meiner Freundin fällt bestimmt etwas ein."

Birte begrüßte Max mit einer sehr langen, innigen Umarmung.

Danach strahlte sie ihn fröhlich an:

„Ich habe uns dein Namensgericht gemacht: Strammer Max."

Max hatte gar nicht gewusst, dass es ein solches Gericht gab.

Es schmeckte fantastisch. Nicht unbedingt wegen auserlesener Zutaten. Er konnte sich nicht erinnern, dass ihm jemand außer seiner Mutter schon mal eine Mahlzeit zubereitet hatte.

Birte erzählte von ihrem Praktikumstag – sie hatte heute auf körperliche Gewaltanwendung verzichten können – und begeistert von ein paar neu gekauften Büchern.

„Wir machen als Abschiedsessen einen Nusskuchen. Das Rezept habe ich durch dich entdeckt. Ich habe mir von *Chinz* die beiden ersten Krimis gekauft, sehr gut, werde die nächsten auch noch holen. Und in jedem Krimi ist ein Rezept eingebaut. Und diesen Nusskuchen muss ich unbedingt mal probieren."

Birte blieb auch während des Anrührens des Teiges betont fröhlich, teils albern und schien ein Gespräch über den gestrigen Abend möglichst vermeiden zu wollen.

Max erzählte ihr, dass Angelika gesagt hatte, dass Herr Bömmel eigentlich nach Hause könne.

„Dann müssen wir jetzt endlich diese Elka finden und hoffen, dass sie solo ist und Platz für Herrn Bömmel hat."

„Das wäre natürlich genial. Sie heißt übrigens Etelka. Herr Bömmel hat sie zwar immer Elka genannt, aber er hat sich inzwischen erinnert, dass sie in Wirklichkeit Etelka heißt."

„Oh. Dann werde ich doch gleich mal das Internet nach Etelka durchsuchen. Ich hatte es schon mit Elke statt Elka versucht, aber hoffnungslos, davon gibt es viel zu viele. Etelka. Wollen wir mal sehen."

In der Zeit, die Max brauchte, um die Zutaten für den Teig zu wiegen, zusammenzuschütten und durchzurühren suchte Birte im Netz nach einer Etelka, die von Alter und früheren Wohnorten eventuell zu Herrn Bömmel passen würde. Vergeblich.

Als der Kuchen im Ofen war, gingen sie auf Birtes Zimmer.

Während Birte Musik aussuchte, schaute Max neugierig, was das für ein Buch auf ihrem Nachtschrank war, dass sie reflexartig unter die Bettdecke geholt hatte. Einen Gedichtband für Kinder. Damit hatte er nicht gerechnet.

„Nehmt ihr das im Deutsch-Leistungskurs durch?"

Birte drehte sich zu ihm um und sah plötzlich nicht mehr fröhlich aus. Sie biss sich auf die Unterlippe und drehte sich dann wieder schnell zum Schallplattenspieler um.

Max schluckte die flapsige Bemerkung, die ihm zu ihrem kleinen Teddy auf dem Nachtschrank auf der Zunge lag, sicherheitshalber runter. Vermintes Gelände. Besser etwas Unbeschwertes. Tanzen zum Beispiel.

Er betrachtete die diversen Fotos mit tanzenden Menschen im Zimmer noch mal genauer. Die Frau auf dem einen Bild sah aus wie Birtes Oma, bloß halt noch deutlich jünger. Ob das Birtes Opa war, mit dem sie tanzte? Nun ja. Nicht gerade ein unbeschwertes Thema. Daneben zwei tanzende Kinder. Der Pferdeschwanz kam ihm sehr bekannt vor.

„Bist du das?"

„Ja", sagte Birte mit ungewohnt leiser und banger Stimme.

„Und mit wem tanzt du?", fragte Max behutsam.

Birte sah ihn an und Max realisierte sofort, dass er mitten auf eine Mine getreten war. Da war nicht nur alle Fröhlichkeit weggeblasen, da war irgendein Gemisch aus Angst, Wut, Verzweiflung. Sie atmete mehrere Male sehr tief ein und aus, ballte die Fäuste.

Was habe ich bloß getan?

Birte schwankte leicht und setzte sich auf die Bettkante. Max sah viele Tränen in ihre Augen schießen.

„Gib mir Birtears! Bitte! Schnell!"

Im Folgenden wurde allerdings nicht nur der Schal nass, auch Max' Hemd und Hose bekamen viele Tränen ab.

Da Birtes Erzählung von viel lautem Schluchzen begleitet war und sie teilweise mit ihrem Gesicht im Schal oder an seinem Hemd sprach, verstand Max nicht jedes Detail, aber das, was er hörte, reichte aus, um zu begreifen, was sie vorgestern mit „there was hell" gemeint haben mochte.

Sie hatte einen großen Bruder gehabt, mit dem sie sehr eng verbunden gewesen war. Er hatte ihr tanzen beigebracht, ihr vorgelesen, sie vorlesen lassen. Als sie neun Jahre alt war, waren sie zusammen an einem Gewässer gewesen. Er hatte ihr eine schön schimmernde Muschel aus dem Wasser holen wollen, weil sie Muscheln sammelte, und war auf glitschigem Untergrund ausgerutscht und so ungünstig auf einem spitzen Stein gefallen, dass er bewusstlos geworden sei, mit dem Gesicht im Wasser. Sie habe versucht, ihn zu retten, und sei dabei selbst ausgerutscht und auch fast ertrunken. Genau wisse sie es nicht. In der Erinnerung sei alles nach dem Sturz des Bruders schwarz und sie höre nur die Schreie ihrer Mutter.

Die Erzählungen der Eltern zu dem Geschehen seien von Anfang an sehr unterschiedlich gewesen. Jeder hatte dem anderen vorgeworfen, dieser hätte gerade auf die Kinder aufpassen sollen und auch beim Rettungsversuch nicht richtig gehandelt. Sie habe eigentlich nie erfahren, was genau passiert sei, aber von Anfang an habe ihr Vater sie deutlich spüren lassen, dass sie schuld an dem Unfall ihres Bruders gewesen sei. Er habe die Muschelsammlung noch am gleichen Tag entsorgt und oft genug habe er durchblicken lassen, dass es ihm lieber gewesen wäre, wenn sie ertrunken wäre und er noch seinen Erstgeborenen hätte.

Sie sei sehr streng christlich erzogen worden. Eine sehr unkonkrete Urschuld aufgrund des Sündenfalls von Adam und Eva habe sie also immer schon gekannt. Das habe sie bis dahin zwar leicht beunruhigt, aber seit dem Tod ihres Bruders sei das Gefühl von Schuld plötzlich greifbar und unerträglich gewesen. Die Eltern, insbesondere der Vater hätten von nun an ein Druckmittel gehabt, jedes Mal, wenn sie wenigstens ein bisschen aufmüpfig habe werden wollen. Jeder kleine Keim aufkommender Pubertät wurde unter ihrer angeblichen Schuld erstickt.

Sie seien nach wenigen Monaten von Berlin nach Hamburg gezogen, um der Erinnerung zu entfliehen. Alle Sachen ihres Bruders waren entsorgt worden. Nur den Gedichtband für Kinder und den Teddy habe sie heimlich retten können.

Birte richtete sich auf und sah Max mal wieder mit sehr verquollenen Augen an.

„Es tat ungeheuer gut, das endlich mal loszuwerden. O weh, du siehst ja durchnässter aus als gestern. Wir können Birtears als eine komplette Herrenkollektion mit Hose, Hemd und Schal rausbringen."

Das Grinsen gelang ihr noch nicht recht, aber sie sah erleichtert aus, geradezu erlöst.

„Ich habe hier in Hamburg noch niemandem davon erzählt. Meine Eltern sprechen auch nie darüber. Sie schreien sich darüber höchstens an. Mir ist es verboten, etwas zu fragen oder auch nur den Namen meines Bruders zu erwähnen.

Sie waren vorher, soweit ich mich erinnern kann und nach den Worten meiner Oma ein durchschnittlich glückliches Paar, nur halt christlich verseucht. Nach dem Tod meines Bruders haben sie allerdings in ihrem Glauben nicht diesen Trost gefunden, von dem sie vorher immer gelabert hatten, stattdessen im Alkohol. Sie haben sich völlig auseinandergelebt. Ich denke, sie fühlen sich beide schuldig und begehen nun Sühne, in dem sie sich das Leben hier auf Erden zur Hölle machen und mir leider auch. Das ist das Schwierigste an der Situation für mich. Es macht mich krank, aber ich verstehe, wie sie in die Situation gekommen sind und das macht es mir fast unmöglich sie zu hassen."

„Und sie glauben trotzdem immer noch an Gott?"

„Ich glaube, sie glauben immer noch, dass sie glauben. Frohe Botschaft oder Vergebung ist da aber nicht. Alles Frohe, Glückliche ist in diesem Haus nicht gewollt. Wenn ich lachen muss, halte ich mir oft reflexartig ein Kissen vor den Mund, selbst wenn sie nicht da sind. Nein, da ist kein Glauben, jedenfalls keiner, der ihnen Trost oder Kraft oder wenigstens Hoffnung gäbe. Einfach nur weil: das war immer so, das gehört sich so, das bleibt immer so."

„Wie hältst du das aus?"

„Bücher."

Sie saßen eine Weile schweigend da. Birte warf ihrer Bücherwand einen liebevollen Blick zu:

„Auch wenn meine Deutschlehrerin anderer Meinung ist: ‚Bücher.‘ ist ein ganzer Satz, mit Subjekt, Prädikat, Objekt und noch so vielem mehr."

Max nickte: „Mit Fantasie, fernen Welten, Luftschlössern und Lebensfreude. All das, was für eine Deutschlehrerin Fremdworte sind."

Birte drehte sich zu Max um und sah ihn ähnlich liebevoll an, wie eben ihre Bücherwand.

„Ganz genau so! Max, ich mochte dich schon immer gut leiden, aber langsam nimmt es überhand. Als ich heute noch sehr morgenmuffelig meinen Kaffee vorbereitete und beim Füllen des Wasserbehälters das erste Mal überhaupt wahrnahm, dass neben der oberen Füllstandmarkierung ‚Max‘ steht, da habe ich sehr fröhlich gegrinst. Es kommt extrem selten vor, dass ich jemand schon vor dem ersten Kaffee gut leiden kann."

Sie wurden vom Wecker unterbrochen und holten den Nusskuchen aus dem Ofen. Zum Probieren war er leider noch zu heiß.

Wieder saßen sie eine Weile schweigend da, deutlich fröhlicher als eben.

Birte schüttelte den Kopf.

„Weißt du, was pervers ist: Ich bin meinen Eltern beinahe dankbar, dass sie so sind, wie sie sind. Sie haben mich damit in die Welt der Bücher getrieben, die mir anfangs nur ein Zufluchtsort waren, weil ich dort meinen Bruder noch bei mir hatte, und jetzt sind sie mein Zuhause, das erste Zuhause überhaupt. Meine Eltern haben mir nie ein Zuhause gegeben."

„Hast du mal daran gedacht, von zuhause oder halt gerade nicht Zuhause, aber jedenfalls abzuhauen?"

„Oh ja. Ich hatte schon sehr konkrete Pläne und habe in einem großen Sparschwein schon einige Hunderter für den Anfang gesammelt. Ich habe eine Tante, Alice, sie wohnt in Hessen, bei der ich mich deutlich mehr verstanden fühle als im offiziellen *Zuhause*. Ich wollte zu ihr fahren und fragen, ob ich bei ihr einziehen kann, aber ...“

„...aber der Dialekt. Ja, kann ich verstehen.“

„Stimmt. Der ist wirklich furchtbar, aber das meinte ich nicht. Eher: Es ist zwar kein Zuhause bei den Eltern, aber halt doch irgendwie sicher und bequem. Ich habe mich schon oft entschlossen, es jetzt endlich zu machen, aber beim Packen meiner Sachen hat mich jedes Mal der Mut verlassen.“

„Meine Träume sind da eher sehr unkonkret. Hauptsache weg. Aber ich hab tatsächlich auch schon fast vierhundert Euro zurückgelegt.“

Birte sah Max nachdenklich an und lächelte dann:

„Es war gar nicht mal, dass mich der Mut verlassen hätte. Das fällt mir jetzt erst auf: Ich konnte mich einfach nicht von meinen Büchern und den Platten trennen.“ Birte drückte Max' Hand. „Wow. So fühlt sich das viel besser an.“

„Ich bin letztes Jahr mal spontan abgehauen. So spontan, dass ich überhaupt nichts gepackt und das Geld vergessen hatte. Einfach aus der Tür und weg, weil es nicht mehr auszuhalten war. Ein Abend, eine Nacht und einen halben Tag. Dann war ich durchgefroren und halb verhungert und bin nach Hause gekommen. Sie hatten gar nicht bemerkt, dass ich weg war.“

„Krass.“

„Sollen wir zusammen abhauen?“

Birte ließ seine Hand los und Max fürchtete schon, er habe es verkackt, aber sie lächelte.

„Mit dir zusammen durchbrennen – keine schlechte Idee. Dann hätte ich jemanden, der meine Bücher und Platten tragen kann."

Birte sah verträumt aus dem Fenster und nahm nun seine beiden Hände.

„Ganz im Ernst. Wenn ich mich nicht gerade um meine Oma kümmern müsste ... Durchbrennen, mit dir zusammen, dazu hätte ich wirklich Lust. Ich muss jetzt sogar ganz dringend irgendetwas Unvernünftiges machen! Irgendwas extrem Verbotenes!"

„Bankraub? Auto klauen?"

„Au ja! Autoklauen finde ich gut. Autofahren ist eine der wenigen Sachen, die mir momentan Spaß machen."

„Du kannst schon Autofahren?"

„Ja. Aber nur Begleitetes Fahren. Und mit meinen Eltern macht Autofahren dann wieder keinen Spaß!"

„Cool. Ich habe bisher nur Theorie gehabt, habe nächsten Monat meine erste Fahrstunde."

„Dann kann ich dir doch mit einem geklauten Auto ein paar Fahrstunden geben. Am besten nehmen wir das Auto von unserem Direx und wenn wir schon mal da sind, brechen wir noch bei ihm ein und schütten Abführtropfen in seinen Gin." Birte sah wild entschlossen aus. „Ich muss jetzt ganz dringend irgendetwas Abgedrehtes machen oder ich drehe selbst ab!"

„Was hältst du davon, wenn wir im ehemaligen Haus von Herrn Bömmel einbrechen und dort seine geheime Kiste rausholen?"

„Was für eine geheime Kiste?"

„Er hatte in seinem Haus ein Geheimversteck und darin eine Kiste mit seinen wertvollsten Gegenständen, Erinnerungen und

Manuskripten. Alles andere von ihm ist wohl auf dem Müll gelandet, aber wir hoffen eigentlich, dass das Geheimversteck nicht gefunden wurde. Ich war mit Angelika da und sie hat höflich nachgefragt, ob sie nachschauen dürfe, ob an einer bestimmten Stelle noch Sachen vom Vorbesitzer da seien. Sie haben sie nicht mal reingelassen."

„Wunderbar, dann brechen wir bei denen ein!"

„Das Haus ist ziemlich gesichert."

„Wir probieren es erst mal mit dem Klassiker. Du klingelst und lockst sie aus dem Haus und während die Tür aufsteht, schleich ich mich rein und hole die Kiste. Raus kommt man immer."

„Bist du schon mal eingebrochen?", fragte Max beeindruckt.

„Nichts Großes. Ich habe einen Onkel, auch über den darf in unserer Familie nicht gesprochen werden, der ist richtiger Profieinbrecher, saß zweimal im Knast, die anderen Brüche konnte man ihm nicht nachweisen. Hat nie nette oder arme Menschen bestohlen, glaub ich. Also für mich ein Robin Hood, vielleicht ist es auch anders, aber das will ich nicht wissen. Jedenfalls: Er hat mir ein paar Tricks beigebracht. So bekomme ich jedes Zahlenschloss und viele Fenster oder Haustüren auf und ich weiß viel über die Ganovenehre. Letztendlich ist es leider ähnlich wie bei den Gesetzestreuen: wirklich drauf verlassen kann man sich nicht. Jedenfalls: Ich habe ein ungefähre Vorstellung davon, worauf wir achten müssen, um nicht erwischt zu werden. Was weißt du über das Haus und die Bewohner?"

„Puh ... Also. Ich kann mir Details nicht gut merken."

„Das hab mich mir gedacht. Schade, aber nicht schlimm. Haben sie einen Hund?"

153

„Nein. Ich hab jedenfalls keinen gesehen."

„Das ist schon mal sehr gut. Eine Katze?"

„Ja. Da kam eine aus dem Haus, als sie Angelika öffnete."

„Wunderbar. Welche Farbe?"

„Oh ... äh ... ich meine grau ..., aber ..."

„Wir schauen einfach vorbei. Hoffentlich ist die Katze draußen, dann sind wir so gut wie drinnen. Waren beide zuhause?"

„Nur die Frau."

„Perfekt."

„Aber wird die Frau nicht extrem misstrauisch sein, wenn schon wieder jemand Unbekanntes bei ihr klingelt? Sie hat ja sogar bei Angelika an einen Trickbetrug gedacht."

„Richtig. Deswegen ist es wichtig, dass wir den Überraschungsmoment ausnutzen. Sie darf gar nicht dazu kommen nachzudenken. Am Anfang in Panik versetzen und dort halten, bis sie weit vom Haus weg ist. Wenn dann das Stöckchen, das ich vorher an die Tür lehnen werde, richtig fällt, sollte ich in wenigen Minuten fertig sein. Wenn ich allerdings noch durch ein Fenster muss ... keine Ahnung. Dann müssen wir beide improvisieren."

„Das werde ich hinkriegen. Der größte Teil meiner Schullaufbahn besteht schließlich aus Improvisation bei fehlendem Wissen."

Als die beiden kurze Zeit darauf (im von Birtes Eltern ohne deren Wissen ausgeliehenen Zweitwagen) vor Herrn Bömmels ehemaligem Haus ankamen, schauten sie sich unsicher und etwas bang an.

„Ich habe es mir oft vorgestellt; aber es wirklich zu machen, ist doch etwas anderes", murmelte Birte. „Kann sein, dass ich mir gleich in die Hose mache."

„Kein Problem, dann gehen wir anschließend wieder unsere Wäsche waschen und diesmal duschen wir zusammen."

„Jo. Die Aussicht gefällt mir. Also, denn man tau."

Birte hatte diverse Variationen ihres Planes erarbeitet. Sie hatten Glück. Die Katze war draußen und so konnten sie Plan No.1 starten.

Sie fingen die Katze ein, versteckten sie in einem Katzenkorb und entschädigten sie mit reichlich Leckerchen für die Unannehmlichkeiten.

Birte klingelte, nachdem sie vorher ein kurzes dickes Stöckchen an die Tür gelehnt hatte. Max sah mit angehaltenem Atem und Schweiß auf der Stirn wie die Frau von gestern die Tür öffnete und Birte sofort wild hoch in die Luft und Richtung Straße gestikulierte, damit die Frau auf keinen Fall nach unten sah. Was sie dabei genau rief, verstand er in der Aufregung nicht, denn er musste sich auf seine Rolle und seinen Text konzentrieren.

Halt irgendwas wie, sie und ihr Freund da an der Straße hätten gerade gesehen, wie eine Katze angefahren worden sei, die von diesem Grundstück gekommen sei.

Die Frau schlug die Hände vor den Mund. Jetzt los!

„Hey! Hey, bleiben Sie hier! Sie können doch nicht einfach weiterfahren! Hallo, kommen sie zurück! Mitzi, bleib hier!"

Max lief hinter einem imaginären Auto her und aus dem Sichtfeld der beiden Frauen an der Haustür. Hoffentlich kam sie wirklich ohne zu zögern hinterher.

Er lugte um die Ecke. Die Frau war schon auf der Hälfte des Weges zur Straße, sah sich aber gerade wie befürchtet zu Birte um. Plan No. 1, Variation No. 3.

Birte hatte sich schon vorm Klingeln eine ausrangierte Lesebrille ihrer Mutter aufgesetzt. Sie hatten gehofft, dass sie so seriöser oder wenigstens harmloser aussehen würde, und für diese jetzt tatsächlich eingetretene Komplikation hatte sie diese auf den Boden fallen lassen und tastete nun auf dem Boden herum, sah auf: „Ich hab sie schon. Schnell! Helfen Sie Ihrer Katze."

Max rief zeitgleich „Mitzi! Bleib stehen! Nicht noch vor ein Auto!"

War die Satzstellung nicht falsch?

Das konnte ihm jetzt und der Frau sowieso egal sein. Wenn es klappte, würde sie gleich da sein. Max lief los und ein paar Häuser weiter und, als die Frau tatsächlich auf die Straße kam, in einen Vorgarten, diesmal einer imaginären Katze folgend. Das besorgte Frauchen war wenige Sekunden später auch schon da.

„Sie ist da unter den großen Busch gehumpelt", sagte Max atemlos – weniger von dem bisschen Laufen, deutlich mehr vor Aufregung.

Aus dem Haus nebenan kam ein Mann, der fragte, was los sei und dann mithalf beim Suchen. Das lief sogar noch besser als geplant. Hoffentlich war Birte problemlos ins Haus gekommen und noch hoffentlicher waren Bömmels Sachen wirklich in dem Versteck.

Inzwischen war eine weitere Nachbarin dazugekommen und alle suchten nach der Katze, die inzwischen wahrscheinlich mit ihren Leckerchen fertig war und ungeduldig im Auto wartete.

Auch Max wurde ungeduldig. Waren nicht schon deutlich mehr als fünf Minuten um? Hatte Bömmel wirklich die richtige Zahlenkombination erinnert, den richtigen Platz? War überhaupt ...?

„Komm Mitzi! Ja, komm hierher! So ist brav."

Erleichtert ließ Max ein paar Steine von seinem Herzen ins Gras vor sich fallen, bevor er den anderen hinterherlief und sah, wie Birte die Katze, die sie noch ein bisschen mit Dreck und dezent mit Rote-Beete-Saft dekoriert hatte, der glücklichen Besitzerin in den Arm legte und beruhigend auf Katze und Frauchen einredete:

„Ich habe sie schon untersucht. Ich mache gerade ein Praktikum beim Tierarzt und kenne mich aus. Sie scheint nicht ernsthaft verletzt zu sein, braucht nur ein bisschen Ruhe. Wirklich Glück gehabt. Aber wenn ich den Fahrer in die Finger bekomme! Der würde das wohl kaum unverletzt überstehen!"

Alle Umstehenden stimmten ihr vehement zu, schimpften wüst über den imaginären Fahrer und bedankten sich überschwänglich bei Birte und Max.

Sie bekamen sogar einen Finderlohn vom Frauchen.

„Oh, das wäre aber nicht nötig gewesen", sagte Birte. Sie nahm Max an die Hand und ging mit ihm Richtung Auto und grummelte dabei „Mit ,das' meinte ich natürlich, dass es nicht nötig war, so knausrig zu sein."

Beide lachten.

Sie sahen sich um, keiner sah ihnen nach.

Ohne es abgesprochen zu haben, gingen beide gleichzeitig auf die Knie und ballten jubelnd die Fäuste.

„Du hast es gefunden?"

„Ja! Es ist so viel. Ich musste zweimal laufen, deswegen hat es etwas länger gedauert."

„Ich fass es nicht. Wir haben es wirklich getan und es war wirklich da."

„Oh. Ich kann es gar nicht abwarten, das meinem Onkel zu erzählen."

„Und mir wird es sehr schwerfallen, das nicht im Praktikumsbericht zu erwähnen."

„Vielleicht solltest du es wirklich mit einbringen, leicht verändert. Denn immerhin haben wir heute Geld verdient. Das ist es doch, worum es Herrn Mosleimer und unseren Eltern geht."

„Wie viel hat sie uns gegeben? Oh. Naja, für zwei Bier reichts. Ich kenne eine leidlich gemütliche Kneipe in der Nähe."

Das Glück blieb Max gewogen und tatsächlich war seine Bedienung wieder in der Kneipe und kam, als Birte nach dem Bier auf Toilette war, zu ihm und sah ihn gespannt an.

„Und?"

„Ja."

„Cool."

Alles war völlig ausreichend gesagt und ausführlich erzählt. Sie boxte ihm gegen die Schulter.

„Genieß den Zauber! Was kann ich euch beiden zu diesem besonderen Abend bringen?"

„Was würdest du empfehlen?"

„Da weiß ich schon was."

Als Birte wieder da war, stellte sie zwei kleine Gläser mit einer klaren Flüssigkeit vor sie hin.

„Ein Cointreau für euch. Geht aufs Haus. Es ist sehr angenehm, neben all den frustrierten alten Thekenhängern mal ein vor Lebenslust glühendes junges Paar bedienen zu dürfen."

Birte sah ihr erstaunt hinterher.

„Ich bin mir immer unsicherer, ob mein Onkel Recht hat, wenn er sagt: Verbrechen lohnt sich nicht. Prost!"

„Prost! Auf unsere Laufbahn als Verbrecher oder auf was auch immer, Hauptsache wir!"

„Oh. Das ist der beste Trinkspruch ever. Auf: was auch immer, Hauptsache wir! Prost!"

Sie stießen an und tranken und ...

„Was war das?"

Birte sah Max erstaunt an. Ihre Hand lag auf seinem Unterarm.

Auch Max musste sich erst kurz sammeln. Das Getränk hatte ... ja, was denn?

„Ich glaub, das ist unser Calvados."

„Wie meinen?"

Max erzählte Birte über Bömmel, Etelka und Calvados.

„Jo. Das war ... so was in der Art. Davon will ich mehr. Davon will ich ganz viel! Meinst du, wir können ihr die Flasche abkaufen?"

Sie hatten beide nicht so viel Geld dabei, aber die Bedienung gab Birte die nicht mehr halbvolle Flasche und drückte Max zwei kleine Gläser in die Hand. „Geht aufs Haus. Wäre natürlich cool, wenn ihr ab und zu wieder so glühend vor Glück hier vorbeikommt, und dann darf das Trinkgeld natürlich großzügig ausfallen."

Sie zwinkerte beiden zu und verschwand hinter dem Tresen.

Birte und Max saßen mit der sich leerenden Flasche Cointreau an der Elbe und Birte prostete dem klaren Sternenhimmel zu.

„Danke!" Sie drehte sich zu Max um. „Ich habe letzte Woche eine Sternschnuppe gesehen und ich weiß nicht mehr, was ich ihr genau gesagt habe. Aber sie hat es besser gemacht als alles, was ich mir von ihr hätte wünschen können."

„Am Dienstag?"

Birte sah Max erstaunt und gleichzeitig überlegend an, kniff die Augen zusammen, im Gedächtnis suchend. Sie sah so enorm umwerfend dabei aus.

„Jo. Hast du die etwa auch gesehen?"

„Jo."

„Krass. Was hast du dir gewünscht?"

„Ich weiß es auch nicht mehr genau. Doch. Ich empfand sie als pure Ironie in meinem Leben, damals. Damals. Meine Güte. Es erscheint mir wirklich Jahre her. Ich hab ihr gesagt, sie solle machen, was sie wolle."

„Wow. Was auch immer, sozusagen."

„Exakt."

„Was auch immer, Hauptsache wir."

Birte goss ihnen beiden noch einen Schluck Cointreau nach und hob ihr Glas zum Sternenhimmel. Max stieß mit ihr an. „Was auch immer, Hauptsache wir."

Er war sich nicht sicher, aber Birte schien gerade „Das wird unser Familienwappen" gemurmelt zu haben.

Sie tranken, erschauerten, Herz, Seele, alles und so viel mehr, und Max hatte eine Vorstellung davon, was Herr Bömmel mit *ein paar Mal gestorben* gemeint haben mochte.

Sie saßen eine Weile glücklich schweigend, Hand in Hand dankbar den Sternenhimmel betrachtend.

„Kannst du mir noch einmal das Gedicht von Herrn Bömmel aufsagen?"

Oh, so gern!

„Bevor du in mein Leben tratst,
stand ich oft in klarer Nacht,
still die Schönheit der Sterne
und die Magie des Mondes bewundernd.

Heute richte ich meinen Blick gen Himmel,
sehe Mond und Sterne,
wie sie andächtig auf die Erde schauen,
bezaubert von deiner geheimnisvollen Schönheit."

Birte hatte ihren Kopf an seine Schulter gelehnt, ihre Hand auf seinem Unterarm.

„Heute definitiv: Mein Lieblingsgedicht. Und: du hast eine wunderbare Stimme! Wow! Das ist ... Du bist ... aber mal ganz etwas anderes! Dorith hat gesagt, du wärest ein hervorragender Lektor?"

Max war etwas enttäuscht, dass seine Beweihräucherung so abrupt endete.

„Ja. Geht wohl. Ich habe halt die Doktorarbeit ihres großen Bruders lektoriert. Aber ..."

„Wunderbar! Dann kannst du mir bestimmt helfen. Nur eine kurze Frage: Ich habe gestern Nacht nach langer Zeit an meinem Buch weitergeschrieben ..."

„Du schreibst ein Buch?"

„Ja. Tagebuch. Was würdest du als Lektor sagen: Ich habe geschrieben: ‚Seit gestern bin ich mit Max zusammen.' – würdest du das Buch eher unter Fantasy einsortieren oder würde es als Tatsachenbericht taugen?"

„Das ... oh ... Wow! Ich würde sagen: ein sehr fantasyanregender Tatsachenbericht."

„Fabelhaft."

Die nun folgenden körperlichen Signale waren selbst für einen begriffsstutzigen Pubertierenden nicht misszuverstehen.

161

12. Tag

Der letzte Tag des Praktikums begann deutlich besser als befürchtet: Gabi war krank und Angelika war für sie eingesprungen.

„Genaugenommen ist Gabi nicht wirklich krank", widersprach Angelika dem allwissenden Erzähler. „Ich habe ihr gestern Mittag bei der Übergabe nur gesagt, dass sie sehr überarbeitet aussehe und mal dringend ein verlängertes Wochenende brauche, und sie ist auf diese dreiste Lüge sofort angesprungen, insbesondere als ich ihr angeboten habe, deine Beurteilung zu Ende zu schreiben. Sie war schon fast fertig, aber ich habe sie dann doch noch mal ganz neu geschrieben."

„Tendenziell wohl etwas freundlicher als in der Ursprungsversion?"

„Ich würde es nicht tendenziell anders, eher diametral entgegengesetzt nennen, aber dieser Terminus würde Gabi völlig überfordern. Ich sehe: dich nicht. Ach Max, ich werde dich vermissen. Jedenfalls, hier deine Beurteilung. Die wirklich adäquate für einen besonderen Menschen wie dich. Die sollte sich in deiner Praktikumsmappe gut machen und ich habe es extra so ausführlich und professionell formuliert, dass du sie für eine Bewerbung in einem sozialen Beruf nutzen könntest. Wäre schön, wenn du irgendwas in der Richtung machen würdest. Du hast sehr große Begabungen im Umgang mit Menschen."

„Dasch kann ich nur beschtätigen", sagte Herr Bömmel mit vollem Mund. „Scholl ich auch noch irgendwo unterschreiben?"

Max saß mit Angelika bei Herrn Bömmel und sie aßen von dem Nusskuchen, den Max mitgebracht hatte. Zum Glück war der Vormittag außergewöhnlich ruhig und die drei hatten etwas

Zeit für sich. Alle glücklich über die zwar kurze, aber sehr intensive Zeit, die sie miteinander gehabt hatten, gleichzeitig auch sehr wehmütig.

Angelika versprach Max mehrmals auf seinen Herrn Bömmel aufzupassen und ihm sofort Bescheid zu geben, wenn sich doch noch etwas tun würde in Bezug auf die eventuelle Kiste hinter dem Bild (Max hatte den beiden noch nichts verraten) oder falls sich Perspektiven ergäben, dass Herr Bömmel wieder in eine eigene Wohnung ziehen könne oder sonst etwas wirklich Aufregendes.

Max versprach noch öfter, auf jeden Fall in den nächsten Wochen mal vorbeizuschauen.

Apropos Vorbeischauen:

Um kurz nach zwölf kam, wie mit Max verabredet, Birte vorbei und brachte den großen Karton mit Bömmels Sachen aus dem Geheimversteck.

Herr Bömmel war mehrere Minuten lang sprachlos und nahm andächtig eine Erinnerung nach der anderen aus einer Zigarrenkiste.

Angelika hatte Tränen in den Augen und fragte immer wieder kopfschüttelnd: „Wie habt ihr das geschafft?"

Nachdem sie sich vergewissert hatten, dass Herr Bömmel die Aufregung verkraftete, ließen sie ihn für zehn Minuten allein und Birte und Max erzählten Angelika von ihrem erfolgreichen *Raubzug*.

Herr Bömmel strahlte über das ganze Gesicht, als sie danach vorsichtig ins Zimmer schauten:

„Möchte noch jemand Calvados?"

Angelika probierte einen Schluck, entschloss sich dann aber doch, wie Birte und Max, lieber mit Kaffee und den letzten Kuchenstücken mit ihm zu feiern.

„Was hat es mit dieser Schüssel mit Stecker auf sich, Herr Bömmel? Warum war es bei den wichtigen Sachen", fragte Birte.

„Um die Marken vom Briefumschlag oder der Karte zu lösen, muss man sie eine Weile einweichen. Elka bekam beim Rausnehmen der Briefmarken aus dem Wasser immer so kalte Hände und da habe ich ihr ein beheiztes Einweichbecken gebastelt. Leider habe ich sie aus den Augen verloren, bevor ich es ihr schenken konnte."

„Aber sie haben es behalten", sagte Birte sanft. „Bei ihren wichtigsten Sachen. Sie hoffen immer noch, sie einmal wiederzusehen?"

„Ich träume nicht nur nachts davon. Ja."

Herr Bömmel lächelte versonnen und öffnete dann einen Schuhkarton voller Briefmarken.

„Ich habe nie aufgehört zu sammeln."

Es war eine fröhliche und ausgelassene Gesellschaft, aber Herr Bömmel wurde trotz oder wegen der ganzen Aufregung und nach noch ein paar Gläschen Calvados existentiell müde, Angelika musste Übergabe machen und auch Birte drängte Max unauffällig, aber sehr energisch zum Aufbruch.

„Wir müssen noch unseren Praktikumsbericht schreiben", sagte sie laut beim Aufbruch, aber so hibbelig wie sie war, musste da noch etwas anderes sein. Vielleicht an den körperlichen Signalen weiterarbeiten? Das war nun auch für Max eine Motivation, um nach der wahrscheinlich zehnten Verabschiedung von Angelika und Herrn Bömmel auch wirklich zu gehen.

„Wir sehen uns auf jeden Fall wieder, versprochen."

Birte nahm ihn an der Hand, ging zügig in Richtung ihrer Bank und sagte dabei grinsend:

„Könnte sogar sein, dass wir uns viel früher wiedersehen als ihr denkt."

„Was meinst du?"

„Setz dich erst Mal hin, es ist der absolute Hammer!"

Max setzte sich und sah Birte erwartungsvoll an, die zu aufgedreht war, um sich setzen zu können.

„Oh Max. Ich bin eben die ganze Zeit fast geplatzt vor Aufregung. Ich hab sie gefunden!"

„Wen?"

„Elka. Also Etelka, die im Telefonbuch allerdings aus Versehen als Ethel eingetragen wurde und in Großburgwedel wohnt."

„Nein."

„Doch."

„Du bist unglaublich."

„Find ich auch. Jetzt muss ich mich nur noch entscheiden, ob ich der Verbrecherlaufbahn nachgehe oder doch Detektivin werde."

„Wie hast du das geschafft?"

Birte errötete leicht.

„Tja. Für gute Detektivarbeit braucht man auch ein bisschen Ganovenwissen. Ich hab Bömmels Kiste heute Nacht geöffnet."

„Was?"

„Ja. Es ist mir auch peinlich. Aber ich konnte nicht einschlafen und ich habe wirklich nichts gelesen oder so. Das, was ich brauchte, habe ich direkt gefunden: Elkas vollständigen Namen und frühere Adresse auf einem Briefumschlag. Und dank meiner Fähigkeiten als Gaunerin habe ich die Kiste wieder so verschlossen, dass Herr Bömmel nichts gemerkt hat."

„Das stimmt."

„In meiner Pause heute Morgen habe ich bei ihr angerufen und wir haben uns für morgen Nachmittag verabredet. Kommst du mit?"

„Klar."

„Fabelhaft."

„Das müssen wir Herrn Bömmel erzählen!"

„Besser jetzt noch nicht. Er war eben schon so aufgeregt, dass ich mir Sorgen machte und den Mittagsschlaf braucht er jetzt ganz dringend. Außerdem ... Etelka war sehr überrascht, klang auch erfreut, als ich ein ganz klein bisschen von Herrn Bömmel erzählte. Eine schöne Erinnerung scheint es auf jeden Fall auch für sie zu sein, aber ob sie ihn wirklich wiedersehen will, keine Ahnung. Das werden wir vor Ort rausfinden."

„Dieses Wochenende dann also nicht Bonnie and Clyde, sondern Sherlock Holmes und Dr. Watson."

„Da du den Schal trägst, bist du Sherlock."

„Und du, als Hermine, bist Dr. Emma Watson."

„Damit komme ich klar."

„Wie kommen wir nach Großburgwedel?"

„Ja. Also ..."

Birte war immer noch sehr aufgeregt, traute sich aber kaum Max anzuschauen.

„Ich hätte da eine Idee. Nicht nur für Großburgwedel. Wenn du magst ... Ich habe mein Abhau-Sparschwein etwas erleichtert und mir ein Tramper Monatsticket gekauft, für die Ferien und halt für morgen."

„Was ist das?"

„Damit kann man einen Monat lang in ganz Deutschland so viel Zug fahren wie man will. Zum Beispiel nach Großburgwedel, aber halt auch: Endlich ein bisschen rumkommen und nebenbei mal fast drei Wochen weg von Zuhause. Tja, und ich wollte dich fragen, ob du Lust hast, dir auch eins zu besorgen und mit mir durch Deutschland zu fahren, dir käme doch auch etwas Abstand ..."

„Wow! Klar! Wahnsinn!"

„Fabelhaft geantwortet. In ganzen Sätzen, mit Subjekt, Objekt und Prädikat."

„Ich bin gleich auf dem Bömmel-Level: an der Obergrenze an Aufregung für einen Tag. Ich glaub, ich brauch jetzt auch ein Mittagsschläfchen. Wie wär's?"

„Nix da. Ich hoffe doch sehr, dass Mittagsschläfchen mit mir für dich Aufregung pur sind. Aber vor allem: Keine Zeit für Kuscheln. Wir haben noch irre viel zu tun: Deine Karte besorgen, Packen, Reise planen, Praktikumsbericht."

„Praktikumsbericht? Nicht dein Ernst?"

„Doch. Natürlich. Wegen des Praktikumsberichts bist du doch hier, oder? Krass. Letzten Freitag sah es anfangs wirklich noch so aus, als würden wir uns heute erst das nächste Mal treffen, für den Praktikumsbericht und stattdessen ... unglaublich! Aber im Ernst: Ich hätte das gerne abgeschlossen. Dann kann ich unbeschwerter fahren und wenn das Leben mit dir weiter so aufregend bleibt wie bisher, habe ich nach unserer Reise Kopf und Herz mit ganz anderen Sachen voll. Da will ich doch nicht noch mal an mein Praktikum denken."

„Also ich werde mein ganzes Leben lang sehr gerne an dieses Praktikum denken."

Birte strahlte ihn mit funkelnden Augen an.

„Doch, du hast Recht. Ein bisschen Kuscheln könnten wir gerade noch einschieben."

Das Tramper Monatsticket für Max war erfolgreich bestellt und sie schrieben an ihrem Praktikumsbericht. Also, Birte schrieb und Max sah verträumt aus dem Fenster. Dass er sich nicht konzentrieren konnte, war bei ihm und diesem Bericht nicht wirklich etwas Neues, diesmal allerdings Ablenkung durch sehr angenehme körperliche Gefühle.

Nach ein paar Minuten legte Birte geistesabwesend ihre Hand auf seinen Unterarm, während sie konzentriert weiter-schrieb.

Etwas von ihrer Konzentrationsfähigkeit schien auf Max überzufließen. Er begann sich zu allen gewünschten Themen strukturiert und konstruktiv Notizen zu machen. Stichworte reichten ihm eigentlich immer, um später improvisieren zu können.

Tatsächlich war er so früher fertig als Birte.

Liebevoll betrachtete er ihre Hand auf seinem Unterarm. Ja, der Bluterguss war nun wirklich verheilt. Genau an der Stelle hatte ihre Hand gelegen, als er ihr immer wieder den Panther rezitiert hatte, bis sie eingeschlafen war. So schrecklich wie die Umstände damals gewesen waren, als Erinnerung jetzt: wun-derschön.

Er sah Birte an. Welch ein Unterschied in der kurzen Zeit. Damals zusammengerollt neben ihm, wie ein gefangener Pan-ther, jetzt wirkte sie leicht wie ein freier Vogel. Er ja auch. Vor wenigen Tagen noch waren sie beide eingesperrte depressive Panther gewesen, anfangs jeder in seinem eigenen Käfig, dann zusammen in einem gemeinsamen Käfig. Wie war das gesche-hen, und wie und wann waren sie aus dem Käfig entkommen?

Nein, sie sah nicht aus wie ein Vogel, sondern wie eine freie, wilde Pantherin, die all das, was sie im Käfig verpasst hatte, nachholen wollte. War es womöglich nie ein Käfig, sondern der

Riesenlaufstall ihrer beider Kindheit gewesen? Gitter überall, aber oben offen? Er hatte es gar nicht realisiert als er, die Augen nur auf sie gerichtet, aus seinem Käfig in den ihren gesprungen war und nun befreiten sie sich gegenseitig. Oder brachten sich gegenseitig das Fliegen bei?

Was denk ich hier eigentlich die ganze Zeit?!? Haben diese ständigen Versuche, ein Gedicht zu schreiben und Herr Böm-mel mein Gehirn mit Lyrik infiziert?

Birte nahm ein neues Blatt, sah ihn kurz an und gab ihm ei-nen flüchtigen Kuss, bevor sie konzentriert weiterschrieb.

Hatte sie mitbekommen, was er sich fragte? Wie auch im-mer – ihre Antwort war richtig:

Er hatte sich nicht infiziert. Die Muse hatte ihn geküsst.

Denn man tau.

Mit ihrer Hand auf seinem Arm schrieb er endlich das Ge-dicht, nach dem er so lange vergeblich gesucht hatte, untermalt von einer inneren Musik, die er erst richtig wahrnahm und er-kannte, als das Gedicht fertig geschrieben war – die Musik be-gann mit dem unharmonischen B und E und löste sich über ein paar von Moll beherrschte Umwege in eine harmonische und tanzbare Dur-Melodie auf. Auf einem neuen Blatt machte er sich schnell ein paar Notizen, konnte sich aber noch nicht recht entscheiden, ob es ein langsamer oder schneller Walzer werden sollte oder gar ein Tango. Wenn er die Augen schloss, war es allerdings ein Blues, ein sehr naher und eng umschlungener.

Als er spätabends nach Hause kam, versuchte er das Lied auf Gitarre zu spielen. Es war sehr mühsam und obwohl er über eine Stunde verbissen übte, klang es doch nie ansatzweise so gut wie in seinem Kopf. Vielleicht ging es ihm wie Ted Coffee am Anfang? Das Richtige, aber auf dem falschen Instrument.

Zu blöd, dass sie kein Klavier zuhause hatten, und um diese Zeit konnte er nicht zur Tanzschule fahren.

Er feilte noch einmal ein bisschen am Gedicht und erst als er ins Bett ging, fiel ihm ein, dass er vergessen hatte zu packen. Seufzend, aber voller Vorfreude stellte er den Wecker eine Stunde vor.

13. Tag

Fast genauso schwer wie ein Liebesgedicht zu schreiben: Koffer packen. Selbst wenn der Koffer nur eine Reisetasche war. Die letzten Jahre waren Max und seine Eltern wegen des angeblichen Geldmangels nicht mehr länger oder gar weiter weg im Urlaub gewesen und davor, als Kind, hatte immer seine Mutter die Koffer gepackt.

Ratlos stand Max vor der Reisetasche und dem offenen Kleiderschrank. Für die eine Übernachtung in Großburgwedel: kein Problem. Aber Birte wollte von dort gleich weiter und die knapp drei Wochen auf keinen Fall mehr zuhause vorbeischauen. Verständlicher Wunsch, aber kleidungstechnisch eine Herausforderung, für die Max weder ausgestattet noch ausgebildet worden war.

Was erwartete Birte von ihm? Jeden Tag ein frisches Hemd? Musste er seine Jeans zwischendurch wechseln? Normalerweise trug er die wochenlang, ohne sie zu waschen. Und wie sollte er ohne den Stuhl zurechtkommen? Auf dem immer die Sachen lagen, die benutzt, aber noch zu sauber für die Wäsche waren. Erleichtert stellte er fest, dass er frische Unterhosen und

Strümpfe für gut zwei Wochen hatte; hier war täglicher Wechsel angesagt. Eine der wenigen Regeln bei Reisen mit einer weiblichen Person, die ihm klar war.

Beinah hätte er die Zahnbürste vergessen.

Er verabschiedete sich von seinen Eltern, die glaubten, dass er mit Wilfried durch die Gegend fuhr und damit gut leben konnten, obwohl Max davon überzeugt war, dass dieser ein deutlich schlechterer Einfluss auf ihn gewesen wäre als es Birte war. Die brachte ihm wenigstens nicht nur Gaunereien, sondern auch Ganovenehre bei.

„Hallo Melina!", begrüßte Birte Max und umarmte ihn kurz und lachte dann. „Ich nehme an, du fährst auch mit einem imaginären Freund?"

„Jo. Hallo Wilfried!"

Birte verzog das Gesicht. „Och nö. Ausgerechnet Wilfried heiße ich?"

„Magst du den Namen nicht?"

„Du kennst doch Wilfried Kubicka aus der 9c, wart ihr nicht zusammen auf Klassenfahrt?"

„Jo."

„Der Arsch."

„Wieso?"

„Weißt du nicht, was er mit Bettina gemacht hat?"

Birtes Blick hatte die Lizenz zum Töten. Max' Hände fuhren unbewusst zu Birtears und fühlten den warmen Stoff des Schals, den sie ihm eben zugebunden hatte. Nein, er konnte nicht gemeint sein.

„Nichts Genaues." Max zuckte mit den Schultern. „Er hat erzählt, dass er sie gefragt habe, ob sie mit ihm gehen will und dass sie seitdem nicht mehr mit ihm geredet habe."

„Er behauptet also, er hätte sie gefragt ... Pfff ... Keine An-
deutung davon, dass er bei der Frage sturzbetrunken war und
sie schmerzhaft festhielt? ‚Ich werde dich jetzt ficken.‘ würde
ich genaugenommen auch nicht als Frage bezeichnen. Okay, er
war in Deutsch noch nie eine Leuchte; vielleicht dachte er, es
sei eine Frage, darüber lässt sich reden, aber das, was er nach
ihrer sehr deutlichen Antwort gemacht hat, darüber lässt sich
nicht verhandeln, das war eine Vergewaltigung, auch wenn er
zum Glück zu betrunken war, um einen ernsthaften Ständer zu
bekommen.“

Max war erschüttert, auch über sich selbst, dass er Wilfried
geglaubt hatte, obwohl diese Version der Geschichte doch viel
besser zu dem Wilfried passte, den Max ein paar Mal erlebt
hatte.

Mehrere Stationen lang schimpften sie über Wilfried und
schmiedeten Pläne, wie sie ihn seiner gerechten Strafe zuführen
könnten.

Vorgestern ein Einbruch mit ihr und nun schmiedeten sie
gemeinsame Pläne für Selbstjustiz – wahrscheinlich hatten
seine Eltern ganz andere Befürchtungen, wenn sie wüssten,
dass er wochenlang mit einem Mädchen durch die Gegend
fuhr. Er selbst hoffte, dass sie diese Befürchtungen zu recht gehabt hätten haben würden, wenn sie sie denn überhaupt gehabt
hatten.

Seine Träume wurden vom Nachdenken über die unge-
wöhnliche Grammatik seiner Hoffnung gestört: Futur 2, wenn
es das gewesen sein sollte, hatte ja immer etwas von Konjunktiv, in diesem Fall halt ziemlich viel Konjunktiv, aber war er
über Konjunktiv mit Birte nicht schon hinaus? Das konnte hei-
ter werden im mündlichen Abi.

Er wurde in seinen Grübeleien unterbrochen, als Birte ihn anstieß und ihm einen Artikel aus der im Abteil rumliegenden Zeitung zeigte:

„Du hattest doch von einem Typen erzählt, der sich für Jesus hielt und die St. Nikola Kirche ausgeraubt hat. Das ist bestimmt der, den sie jetzt in Paderborn verhaftet haben. Da hat jedenfalls ein älterer Mann eine Kirche ausgeraubt, umgestaltet und pocht darauf, dass er das dürfe, er sei der Sohn Gottes und somit rechtmäßiger Erbe des Gebäudes. Inzwischen konnten sie ihm noch eine ganze Menge anderer Taten nachweisen. Er gesteht sie auch alle. Sieht sich aber bei allem im Recht. Hier:

Der Mann, dessen richtige Identität nach wie vor nicht geklärt sei, gestand insgesamt 17 Kirchen „umgestaltet" zu haben. Er habe die meisten Gesangbücher aber nicht gestohlen, sondern in Mundorgeln und ähnliche fröhlichere Liederbücher verwandelt. Auch habe er die wenigen brauchbaren Lieder aus dem Gesangbuch mit übernommen, z.B. „Freuet euch der schönen Erde".

Erst auf die Hinweise des Mannes sei aufgefallen, dass in vielen der 17 Kirchen auch Fenster ausgetauscht worden waren. Wo vorher Jesus auf dem Leidensweg oder am Kreuz abgebildet gewesen war, waren nun Bilder von seinen Wundern, der Bergpredigt, Blumen und Doppelregenbögen zu sehen.

Die Polizei geht davon aus, dass der Mann mehrere Komplizen gehabt haben müsse, da es für ihn allein unmöglich gewesen wäre, die Fenster in der jeweils nur kurzen Zeit vor Ort auszutauschen und gleichzeitig die „Umgestaltungen" vorzunehmen.

Zur Höhe des Sachschadens lägen noch keine Angaben vor.

Die Polizei Paderborn bittet jeden, der sachdienliche Hinweise zu den Komplizen geben könne, sich unter der Telefonnummer 05251 306-0 zu melden.

Ich denke, ich werde dich erst nach unserer Reise anzeigen, sonst muss ich die Reisetasche ja allein tragen."

„Mein Rücken neigt dazu, bereits jetzt ein vollständiges Geständnis abzulegen. Wie viele Bücher hast du eigentlich mitgenommen?"

„Nur zwei. Und zu denen muss ich ein Geständnis ablegen. Ich habe nicht nur Etelkas Adresse in der Kiste gefunden. Es waren auch noch ein paar Exemplare von Bömmels Büchern dabei. Ich habe mir jeweils eins ausgeborgt."

„Ausgeborgt?"

„Ja. Er bekommt sie auf jeden Fall zurück. Natürlich wollte ich sie lesen, aber noch mehr: Sie könnten uns gleich sehr behilflich sein."

„Als Komplize Jesu habe ich wohl die Befugnis zu sagen: Deine Sünde sei dir vergeben."

„Wunderbar. Ich find deinen Jesus extrem cool. Da war noch mehr im oberen Teil des Artikels: In Hessen, wo gerade Landtagswahl war, hat er CDU-Wahlplakate umgestaltet, das C weggestrichen und seitenlange Erklärungen dazu gehängt, was die Partei in den letzten Jahren alles Unchristliches zu verantworten hatte. Geschnappt wurde er nicht in der Kirche, sondern beim Graffiti sprayen. Er habe nach eigener Aussage aber nur Nazi-Symbole und rechtsextreme Sprüche mit Herzchen, Smileys oder „Love" umgestaltet."

„Wow! Ich hätte mir letzte Woche ein Autogramm geben lassen sollen. Wieso wird ausgerechnet jemand verhaftet, der die Welt zum Besseren umgestaltet?"

„Da wird mir doch gleich wieder ganz ungesetzlich zumute – sollen wir das vielleicht für ihn übernehmen, wo er jetzt verhindert ist?"

„Ja. Wunderbar. Bonnie & Clyde sind mit dem Tramper-Monats-Ticket unterwegs."

Birte strahlte.

„Aber eins nach dem anderen. Heute und morgen retten wir Herrn Bömmel. Und Jesus lassen wir am dritten Tage wiederauferstehen."

Etelka begrüßte die beiden mit selbstgemachten Vanillekipferln, Kaffee für Max und einer großen Tasse Kakao mit Sahne für Birte.

„Ihr scheint schon etwas länger telefoniert zu haben?"

„Nicht wirklich lange, aber wir haben uns über die wichtigen Dinge unterhalten."

Alle drei erzählten kurz ein bisschen aus ihrem Leben, insbesondere natürlich Max von dem Teil seines Praktikums mit Herrn Bömmel.

Etelka strahlte zunehmend und ihr Blick weilte oft in weiter zeitlicher Ferne.

Birte und Max waren sich nicht sicher gewesen, was sie noch für Herrn Bömmel empfand. Am Telefon war sie erfreut, aber vor allem überrascht gewesen. War da einfach eine schöne Erinnerung aus ferner Vergangenheit oder würde auch sie sich freuen, Herrn Bömmel in der Gegenwart wiederzusehen?

Die Tendenz ging nun deutlich Richtung Zweiterem. Gleich würden sie es genauer wissen.

Birte holte den Gedichtband und den Roman von Herrn Bömmel aus der Tasche und reichte sie Etelka. Sie betrachtete die beiden Bücher ungläubig.

„Mensch Martin, du hast es wirklich geschafft!"

Sie blätterte etwas in dem Roman, las mehrere Gedichte, sah dann, dass beide Bücher ihr gewidmet waren, legte sie beiseite, wischte sich Tränen aus den Augen, stand auf, holte Taschentücher und eine Flasche Calvados, setzte sich, schnäuzte sich, schüttete sich ein, trank einen Schluck und das Strahlen ihrer Augen war zu sehen, obwohl sie diese eine lange Weile geschlossen hielt.

Birte und Max verzichteten auch bei ihr auf den angebotenen Calvados und tranken lieber weiter Kakao und Kaffee, während Etelka ihnen von ihren Erinnerungen an Herrn Bömmel erzählte.

„Anfangs war das Faszinierendste an ihm, dass er völlig anders war als die Jungs, die ich kannte: schüchtern, immer nachdenklich, höflich und rücksichtsvoll, klug und gebildet, melancholisch, geheimnisvoll. Allerdings konnte ich in der Phase, in der wir uns kennenlernten, noch nicht viel damit anfangen. Ich wollte Party und Jungs, die wussten, was sie wollten, groß, laut, lustig. Oft ging er mir sogar auf die Nerven, wenn er mich zum Beispiel korrigierte, wenn ich den Dativ anstelle des Genitivs benutzte. Heute korrigiere ich selbst andere, froh, dank Martin des Genitivs und des Dativs mächtig zu sein. Des Dativs ... Er hat damals dauernd Sätze gebildet, in denen er den Dativ ins Genitiv gesetzt hat, aus Rache für all den Missbrauch, der mittels des Dativs am Genitiv begangen werde. Viel Wissen und Bildung habe ich durch ihn. Das habe ich aber erst später begriffen. Irgendwann hatte er mich dann endlich gefragt, ob wir zusammen ins Kino gehen sollten und ich dachte, er wüsste jetzt endlich, was er wollte. Er wusste es tatsächlich: Er wollte mir seinen neuen Lieblingsfilm zeigen, sonst nichts. Als ich im

Kino meine Hand ganz nah an seine legte und ihn berührte, hat er sie immerhin genommen, aber danach ... nichts weiter. Ich war anfangs etwas beleidigt, dass er mich nicht beachtete, sondern fasziniert zur Leinwand starrte, aber kurz darauf starrte auch ich fasziniert auf die Leinwand und hinterher haben wir uns noch in ein Café gesetzt, uns über den grandiosen Film unterhalten und für einen Theaterbesuch verabredet. Er hat mir so viele neue Welten gezeigt, die mich faszinierten, die ich bis heute liebe. Dass ich ihn liebe, habe ich erst viele Jahre später verstanden, vielleicht ist es auch tatsächlich erst über die Jahre gewachsen. Keine Ahnung. Dazu könnte er jetzt stundenlang philosophieren. Ihr wisst schon längst, was ich sagen will."

Etelka erzählte fröhlich von vielen schönen Stunden mit Herrn Bömmel, natürlich auch vom Treffen in der Normandie, dabei unterbrochen von mehrminütigen Pausen, wenn sie einen Schluck Calvados trank.

„Es war nur eine kurze Zeit, die wir hatten, aber im Nachhinein die intensivste meines Lebens. Er war eine platonische Wucht. Unsere Seelen und unser Intellekt tanzten und feierten miteinander, wir machten uns über die ganze Welt lustig, stellten alles in Frage und therapierten uns gegenseitig von den schlimmsten Kindheitstraumata. Natürlich begriffen wir das damals nicht mal im Ansatz. Er war nicht die schillerndste oder attraktivste Persönlichkeit meiner Jugend, aber die wichtigste. Es gibt viele Menschen, die sind kurzzeitig ein Feuerwerk, ein Fest und dann verschwinden sie wieder aus deinem Leben, ohne dauerhafte Spuren zu hinterlassen und dann gibt es ein paar Wenige, die, und die Erinnerung an sie und die gemeinsame Zeit, bleiben Leuchtturm für das ganze Leben.

Das klingt jetzt auch schon wieder sehr nach Martin. Auch das ist in den Jahren gewachsen. Ich habe mich immer öfter dabei ertappt, wie ich sprach oder dachte wie er und das fühlte sich gut an. Ich wurde immer gerne an ihn, an unsere Zeit erinnert. Als du gestern anriefst, Birte ... ich war so tief im Herzen gerührt wie schon seit vielen Jahren nicht mehr. Ich habe einen Calvados getrunken und er war sofort da, im Herzen und in meinen Füßen. Er sammelt immer noch Briefmarken?"

„Aber sowas von." Birte erzählte ihr vom beheizten Einweichbecken.

Etelka schaute verträumt und offensichtlich gerührt. „Ich habe auch nie aufgehört zu sammeln."

Sie stand überraschend flink aus dem Sessel auf.

„Ich muss zu ihm."

Birte sah Max strahlend an.

„Wollt ihr beiden vielleicht bei mir übernachten, ich habe ein Gästezimmer, und morgen fahren wir zusammen zu Martin?"

„Klar."

„Wunderbar. Es ist wirklich ein Wunder. Wie viel Uhr haben wir? Oh, das passt genau. Habt ihr Lust mit mir zu einem Gottesdienst zu gehen? Mir ist gerade sehr danach."

Max war enttäuscht. Jetzt auf einer harten Holzbank still sitzen und zweitausend Jahre altes verstaubtes Gesabbel zu hören, war ungefähr das Letzte, wonach ihm gerade war. Etelka hatte bisher cool und lebensfroh gewirkt, so überhaupt nicht christlich lebensfeindlich und freudlos verseucht. Aber wenn es ihr wichtig war ...

Birte schien ähnliche Gedanken zu haben und sah Max fragend an.

Ach, heute war Etelkas Tag. Sie hatten ja die kommenden Wochen und der Rest war so gut, da würden sie das auch überstehen.

Von Überstehen konnte dann aber keine Rede sein.

So einen Gottesdienst hatten weder Max noch Birte je erlebt: Keine langweilige Predigt, keine einschläfernde Lesung, keine traurigen Lieder, kein runtergeleiertes Glaubensbekenntnis oder Vater Unser, stattdessen: unter freiem Himmel, auf einem Rasen vor dem Gemeindehaus, fröhlich jauchzende Lieder eines Gospelchors, viele aus der Gemeinde tanzten dazu, dazwischen persönliche Bekenntnisse und Geschichten, die vor Lebenslust und Freude an der Schöpfung strotzten und nicht im Entferntesten etwas mit einem Jammertal zu tun hatten.

Es störte auch niemanden, fiel wahrscheinlich gar nicht auf, dass Birte und Max weitertanzten, als ein Lied schon lange vorbei war. Bei einem der nächsten Lieder tanzten sie mit Etelka zusammen.

Auch nach dem Gottesdienst war den Dreien und ein paar Gemeindemitgliedern noch nach Tanzen. Max erklärte ihnen den Ablauf eines Kontratanzes, setzte sich an den Flügel, den der Gospelchor genutzt hatte und spielte die passende Musik dazu.

Max hatte früher oft in der Tanzschule am Klavier gespielt, meist für Ballett, aber halt auch an mehreren „Jane Austen – Abenden" für den dort allgegenwärtigen Kontratanz. Das letzte Mal war allerdings schon eine Weile her und zuhause hatten sie kein Klavier und so war Max mehr aus der Übung, als er gedacht hatte.

Er verspielte sich anfangs häufig, was der Fröhlichkeit der Tanzenden, die sich schließlich auch dauernd vertanzten, keinerlei Abbruch tat. Alle klatschten ihm begeistert zu, als er fertig gespielt hatte.

Birte klatschte am längsten und als sich die meisten Besucher nun doch zerstreuten, kam sie zu ihm und fragte, ob er noch ein bisschen für sie spielen könne.

„Kannst du womöglich sogar *House Of The Rising Sun*?"

„Nein. Tut mir leid. Ich finde allerdings, dass zu dem Lied Gitarre deutlich besser passt als Klavier."

„Jo. Stimmt."

„Ehrlich gesagt kann ich kein Lied mit Gesang am Klavier, nur Instrumentales zum Tanzen."

„Auch schön."

Max spielte noch zwei Lieder zu denen Birte und Etelka tanzten, dann war Etelka erschöpft und Birte setzte sich neben ihn auf die Klavierbank und lehnte ihren Kopf an ihn.

„Spiel noch irgendwas Ruhiges, einen langsamen Walzer vielleicht. Es ist gerade so traumhaft hier."

Tatsächlich hatte die untergehende Sonne am Himmel ein faszinierendes Farbenchaos angerichtet.

Ein langsamer Walzer also. Sie hatte ihm die Entscheidung abgenommen.

Max nahm allen seinen Mut zusammen und improvisierte mit dem, was er für ihren Namen erfunden hatte. Natürlich gelang es nicht so fehlerlos wie gestern in seinem Kopf, aber auf dem Klavier klang es deutlich besser als mit Gitarre und nach der Vorbereitung durch die Tanzlieder fühlte er sich wieder so sicher an den Tasten, dass es auch in Realität ziemlich genau so klang, wie er es sich vorgestellt hatte.

Birte nahm den Kopf von seiner Schulter, als er fertig war.

„Wow. Das ist schön. Wunderschön. Wie heißt das?"

„Ich hab ihm noch keinen Namen gegeben."

„Das ist von dir?"

Birte und auch Etelka, die auf einem Stuhl in der Nähe saß, sahen ihn ungläubig an.

„Du flunkerst doch wieder. Von wem ist das? Rilke, Bömmel oder Schubert?"

„Das ist von mir. Ganz im Ernst. Gut, vielleicht sollte ich den Anteil der Muse, die mich vorher geküsst hat, während sie an ihrem Praktikumsbericht schrieb, nicht unterschlagen."

„Ganz komplett vollumfänglich ganovenehrenwortgesichert von dir?"

„Jo."

Birte küsste Max innig auf den Mund und drehte sich dann zu Etelka um, die irgendwas mit „unglaublich" gemurmelt hatte.

„Ja. Nicht wahr?"

Birte stand auf und setzte sich neben Etelka.

„Er ist in so vielem einfach unglaublich."

Max' Ohren mussten feuerrot glühen. Zum Glück sah Birte ihn nicht an, sondern sprach zu Etelka: „Er kann wunderschöne Gedichte auswendig, fast alles von Rilke, er tanzt unglaublich gut, erfindet selbst Musik und wunderschöne Phrasen ..."

„Phrasen?", fragte Etelka.

„Er habe eine Gänsehaut auf dem Herzen gehabt, als ich ...", flüsterte Birte immer leiser werdend.

Besser so. Sonst wäre Max womöglich ohnmächtig geworden.

Etelka und Birte waren in ein angeregtes Gespräch vertieft und um nicht den Eindruck zu erwecken, er lausche, spielte er noch einmal, mit deutlich weniger Anspannung als eben, Birtes Stück. Diesmal gelang es perfekt.

Natürlich. Wenn sie nicht zuhört!

Oder hörten die beiden doch zu? Ahnte Birte, dass das Stück für sie war und auch schon einen Namen hatte, mehrere. Anfangs einfach „Birtes Song", der Arbeitstitel zwischendurch war „Fairys Kiss" gewesen, aktueller Favorit: „Die Pantherin".

14. Tag

Etelka betrachtete abwechselnd Birte und den Schlüssel in ihrer eigenen Hand.

„So wie ich das sehe, darf ich Auto fahren, kann aber lange unbekannte Strecken nicht mehr gut und sicher fahren, jedenfalls nicht, wenn ich so aufgeregt bin, und du kannst es gut und sicher, darfst aber nicht, nur weil ich nicht als Begleitperson in deiner Prüfbescheinigung eingetragen bin - was ist wohl das Vernünftigere?"

„Wir waren in der letzten Woche schon öfter nicht ganz gesetzeskonform. Das hier dürfte eher eines der harmloseren Vergehen sein."

Birte warf Max einen glühenden Blick zu und nahm die Autoschlüssel, die ihr Etelka hinhielt.

„Vielleicht sitzt du lieber hinten, Max? Die erwachsene Begleitperson gehört auf den Beifahrersitz und vielleicht muss mir Etelka tatsächlich zwischendurch schnell noch mal erklären, wie dieses Auto funktioniert. Außerdem lenkst du mich hinten weniger ab."

Etelka, die am Vorabend noch erzählt und erzählt hatte, war auf der Fahrt sehr schweigsam. Immer wieder richtete sie ihre Frisur und die Kleidung.

Birte fuhr gut, musste sich aber sehr konzentrieren, war also auch ungewohnt schweigsam.

Anfangs glaubte Max, beide unterhalten zu müssen, aber ihm fiel kaum etwas Geistreiches ein.

Schon nach einer knappen halben Stunde, beim ersten Rastplatz bat Etelka um eine Pinkelpause.

„Meine Blase ist für mein Alter eigentlich noch sehr gut, aber wenn ich sehr aufgeregt bin, wird es heikel und ich weiß nicht, wann ich zuletzt dermaßen aufgeregt war."

Als sie ausgestiegen war, drehte sich Birte um und ergriff Max' Hand:

„Ich bin so froh, dass du schweigen kannst! Mein Neffe hätte uns jetzt die ganz Zeit vollgequatscht."

Etelka setzte sich auf eine Bank im Flur des Wohnbereichs und Max und Birte gingen in Herr Bömmels Zimmer. Dieser saß im Sessel und las in seinen Manuskripten, die er strahlend beiseitelegte, als er die beiden sah.

„Oh, welch wunderbare Überraschung! Ich wusste, dass du es nicht lange ohne mich aushalten würdest, Max – aber, dass es so schnell geht ..."

Herr Bömmel stand mit etwas Mühe aus dem tiefen Sessel auf und umarmte Max und sah dann Birte unsicher an.

„Na klar!", nickte sie lächelnd und auch die beiden umarmten sich.

Herr Bömmel setzte sich wieder.

„Wir haben Ihnen Kaffee und eine Überraschung mitgebracht."

„Vanillekipferl?"

Herr Bömmel war sehr aufgeregt und Max und Birte sahen sich erstaunt an. Wie konnte er wissen ...?

„Okay, wohl nicht. Das wäre ja auch wirklich ein Wunder gewesen. Ich lese gerade ein Kapitel, in dem Vanillekipferl eine wichtige Rolle spielen und bekam unbändigen Appetit darauf. Und da du ja schon diverse Wunder bei mir bewirkt hast, hätte es mich gar nicht gewundert, wenn ihr da in der Tüte Vanillekipferl hättet. Aber ich freue mich auch so riesig! Kommt, setzt euch und lasst uns Kaffee trinken."

„Ist das Buch auch wieder Elka gewidmet?"

„Ja. Fast alle Bücher."

„Und es geht um Vanillekipferl?"

Herr Bömmel lachte. „Natürlich nicht das ganze Buch, eigentlich kommen sie nur in diesem Kapitel vor, aber es ist schon ein sehr wichtiges Kapitel, vielleicht das schönste, auf jeden Fall das leckerste."

Birte sah Max mit ungläubigem Blick an: „Kneif mich. Das kann doch nicht sein!"

„Was ist los?" Herr Bömmel klang beunruhigt. „Hab ich etwas Falsches gesagt?"

„Ja, nun. Nein. Im Gegenteil. In der Tüte sind tatsächlich Vanillekipferl."

„Nein!"

„Doch."

„Ooooh!"

„Und dann haben wir da auch noch die Person mitgebracht, die sie gebacken hat, weil sie sich erinnern konnte, dass sie Ihr Lieblingsgebäck sind ..."

Birte war schon an der Tür und bedeutete Etelka, dass sie nun reinkommen solle.

„...und vielleicht möchten Sie den Kaffee lieber mit ihr trinken."

Birte und Max beobachteten die beiden gespannt und etwas bange. War das nicht zu viel Aufregung für alte Menschen mit Herzrhythmusstörungen?

Herr Bömmels schon vorher fröhliches Gesicht erstrahlte, wie beim Calvados, aber noch heller und intensiver. Diesmal war er sehr schnell aus dem Sessel aufgestanden, musste sich aber erst einmal kurz festhalten.

Die beiden alten Liebenden gingen langsam aufeinander zu, betasteten gegenseitig ungläubig ihre Gesichter als würden sie den Augen allein nicht trauen.

Birte griff Max' Hand.

Ergriffen war er vorher schon gewesen.

Herr Bömmel und Etelka umarmten sich lange und Birte wischte sich verstohlen mit der rechten Hand mehrere Tränen aus den Augen, während ihre linke Hand Max' Hand so fest drückte, dass es eigentlich hätte Schmerzen müssen.

Wäre das technisch möglich, hätte er gerne die Gegenwart ähnlich vorsichtig abgetastet wie die beiden ihre Gesichter. Bist du es wirklich, Realität? Du fühlst dich so verändert an, so lebendig.

Vor dreizehn Tagen hatte er genau hier aus dem Fenster geschaut, neben ihm ein völlig fremder Mann; heute kam ihm der Junge, der er damals gewesen war, fremd vor. Und es konnten unmöglich nur ein paar Tage gewesen sein! Dreizehn Wochen vielleicht, Monate?

Birte ließ seine Hand los, umarmte ihn nun auch und flüsterte ihm zu:

„Romeo und Julia haben sich wiedergefunden. Sie scheinen es kräftemäßig bewältigen zu können. Ich glaub, wir sollten sie nun mit ihrem Glück allein lassen."

Max nickte.

„So ihr beiden. Ihr habt Tassen, Teller, Kaffee, Vanillekipferl und euch. Ich denke, ihr könnt mal zwei Stunden ohne uns auskommen, oder?"

Beide nickten.

„Wir werden frühstens um sechzehn Uhr wieder da sein. Sollen wir vielleicht eine Flasche Calvados besorgen?"

„Danke, nein." Herr Bömmel lächelte. „Ich habe alles, was ich brauche."

Etelka hatte Birte vorher schon einen Fünfzig-Euro-Schein zugesteckt, damit sie sich ebenfalls gustatorisch etwas Gutes tun konnten und so saßen Birte und Max im *Café Extrablatt*, tranken heiße Schokolade und Kaffee und aßen Salat und einen hausgemachten Apfelkuchen.

Sie waren in großer Versuchung, auch einen Calvados auf die beiden anderen Verliebten zu trinken und einen Cointreau auf sich selbst.

„Blöd, dass ich gleich noch Auto fahren muss."

„Das holen wir später nach."

„Dann aber umso mehr."

Sie waren auf Birtes Drängen hin schon deutlich vor sechzehn Uhr wieder im Heim.

Sie führte Max zu einem abgelegenen Raum im Erdgeschoss, den er in den zwei Wochen nie wahrgenommen hatte. Offensichtlich war er für die Gottesdienste im Haus vorgesehen. Jesus hätte hier sicher gerne viel umgestaltet, aber eins hätte IHM wohl genauso gefallen wie Max:

Ein Flügel neben dem Altar.

„Spielst du mir noch mal das Stück von gestern vor?"

„Klar. Gerne."

„Fabelhaft."

Max setzte sich auf die Klavierbank und Birte stellte sich neben ihn.

„Es ... es ist übrigens für dich."

„Nein. Quatsch."

„Wirklich. Ich habe es am Freitag erfunden, als ich neben dir saß und deine Hand auf meinem Arm lag."

„Für mich ... noch nie hat jemand etwas für mich ... wirklich? Nur für mich?"

„Wirklich. Nur für dich. Ich kann dir das Blatt zeigen und ich kanns dir beweisen: Schau, hier: Der Anfang besteht aus den Anfangsbuchstaben deines Namens, also denen, die es als Noten gibt: „B" und „E" – klingt erst mal echt schräg, oder? War nicht leicht, etwas daraus zu machen. Dann kommen C, A und E aus deinem Nachnamen für die linke Hand und das hier ..."

„Krass! Ich glaub es dir", seufzte Birte und setzte sich neben ihn auf die Bank und lehnte ihren Kopf an seinen.

„Das ist wirklich unglaublich. Ich habe ein Stück. Ein wunderschönes Stück. Traurig und fröhlich zugleich, unsicher und frech, aber alles passt harmonischer zusammen als in meinem wirklichen Leben. Du hast mich vertont. Ich bin in Musik verewigt. Spiel es noch mal von vorne. Es ist ... mir fehlen jegliche Worte."

Max spielte es noch zweimal instrumental, sicherer werdend und dann traute er sich auch, den Text zu singen, genauer gesagt die Rezitationsstellen für die Pantherin einzubauen.

Anfangs Blues und langsamer Walzer, die Panther sind noch im Käfig, Foxtrott in der Mitte und zum Schluss schneller Walzer und Tango. Sie sind frei.

Birte sah ihn mit großen feucht aber fröhlich funkelnden Augen an und hauchte: „Noch einmal."

Max Finger spielten wieder auf den Tasten hin und her, angenehm abgelenkt davon, dass Birtes Finger begannen auf Max hin und her zu spielen. Sie sah ihn an, als wolle sie ihn jetzt und hier mit Haut und Haaren verspeisen. Max nahm die Finger von den Tasten.

„Hör jetzt bloß nicht auf! Bitte!"

Alle vier Hände spielten weiter.

Max verspielte sich zunehmend oft und seine Stimme klang etwas rau beim Rezitieren. Es störte beide nicht wirklich. Die drei Omas am Rollator, die von der Musik angelockt in den Raum kamen dann aber doch. Birte seufzte.

„Verschieben wir auch das auf später."

„Dann aber umso mehr."

„Oh ja!"

Birte küsste Max kurz auf den Mund und beide verließen die enttäuschten Ömchen und gingen zu Herrn Bömmels Zimmer, um Etelka abzuholen.

Als sie die Tür öffneten, strahlten sie drei glückliche Gesichter an.

Max war sprachlos, aber Birte stemmte die Hände in die Hüfte und schimpfte mit gekonnt gespielter Empörung:

„Da passt man mal fünf Minuten nicht auf, und schon haben die beiden Verliebten ein Kind gezeugt und großgezogen!"

Herr Bömmel, Etelka und Angelika lachten.

„Hallo, ihr Helden!" Angelika stand auf und umarmte beide. „Ihr seid einfach unglaublich! Ich war auch sehr überrascht, als mich Herr Bömmel vorhin anrief und fragte, ob ich ein gutes Hotel in der Nähe wüsste, in dem eine gute Freundin für ein paar Wochen unterkommen könne."

Max und Birte sahen Herrn Bömmel und Etelka fragend an.

„Elka hat mich gefragt, ob ich bei ihr wohnen will und ich habe Ja gesagt."

„Natürlich nur, damit er die lästige Hausarbeit für mich erledigt."

Etelka zwinkerte ihnen zu und Birte und Max strahlten sich an.

„Um den Umzug zu organisieren, will ich hier vor Ort bleiben.", sagte Etelka. „Wir hätten allerdings eine große Bitte an euch: Könnt ihr noch mal bei mir vorbeifahren und ein paar Sachen holen? Dafür dürft ihr mein Haus während der nächsten drei Wochen gerne als Zwischenunterkunft während eurer Deutschlandtour nutzen. Es wäre gut, wenn ihr wenigstens einmal die Woche dort vorbeischaut und die Blumen gießen könntet. Wäre das möglich?"

„Na klar", sagten Birte und Max wie aus einem Mund.

„Wunderbar!"

Etelka und Herr Bömmel sahen sich glücklich an und reichten ihnen einen verschlossenen Briefumschlag.

„Was ihr vollbracht habt, ist zwar unbezahlbar, aber wir würden euch gerne für eure Reise eine kleine finanzielle Unterstützung mitgeben. Frisch Verliebte benötigen zwar nicht wirklich Geld, um glücklich zu sein, aber die Unvergesslichkeit von Erinnerungen kann durch leckeres Essen und Trinken und vielleicht etwas Kultur durchaus noch vervollkommnet werden. Wir kennen uns da aus."

„Das wäre wirklich nicht nötig ..."

„Aber uns ist es sehr wichtig! Bitte!"

„Na klar. Ich habe das doch von Anfang an nur für den schnöden Mammon gemacht."

Alle lachten.

„Bevor wir zwei dann ankommen, solltet ihr aber das zerwühlte Bett wieder frisch beziehen." Etelka zwinkerte und Birte hakte sich bei ihr unter:

189

„Lass uns eine Liste machen, was ich aus deiner Wohnung mitbringen soll. Das ist eher etwas für eine Dame. Darf ich das mit dir im Bad mal durchgehen?"

(Netter Versuch, aber allen war klar, dass sie mit Etelka reden wollte, ohne dass Max es hörte.)

Angelika und Herr Bömmel überschütteten Max mit Komplimenten („Imposant, Herr Praktikant"), aber dieser war abgelenkt, weil er ab und zu Fetzen der aufgeregten Unterhaltung im Bad mitbekam. Birte sprach überwiegend sehr leise, aber Etelka war mehrmals zu überrascht, um leise zu sein:

„Oh mein Gott!"

„Die Buchstaben - genial!"

„Wenn irgend möglich, verlier ihn nicht jahrzehntelang aus den Augen!"

„Der Panther?"

Auch Angelika und Herr Bömmel waren gerade still und sie hörten Birte leise sagen:

„Die Pantherin. Ich bin die Pantherin, befreie mich aus meiner Gefangenschaft und anschließend ihn aus seinem Käfig. Es ist das schönste Gedicht, dass ich kenne."

„Brilliant, Herr Praktikant", murmelte Herr Bömmel und Angelika nickte.

Epilog:

Etelka und Herr Bömmel öffneten die Haustür und strahlten Birte und Max an.

„Herzlichen Willkommen in unserer Behausung, ihr beiden. Kommt rein. Hattet ihr eine gute Fahrt?"

„Ja. Keine Probleme."

„Wer ist gefahren?"

„Ich durfte diesmal", sagte Max stolz.

„Und für einen Mann fährt er gar nicht schlecht", ergänzte Birte grinsend als sie ins Haus eintrat.

„Seit wann hast du jetzt den Führerschein?"

„Zwei Monate."

Es war der Spätsommer nach dem Praktikum und Birte und Max besuchten Etelka und Herrn Bömmel, der seinen 72. Geburtstag feierte. Beide sahen immer noch glücklich aus wie frisch Verliebte.

Herr Bömmel bekam zum Geburtstag von den beiden einen selbstkreierten Calvados-Kuchen und Vanillekipferl mit einem Schuss Calvados.

Max spielte Klavier und sang mit Birte zusammen *Happy Birthday*.

Etelka bestand darauf, dass Max ihnen auch seine *Pantherin* vorspielte.

Geduldig warteten die beiden Alten, bis Birte ihren Pianisten genügend gedrückt und geküsst hatte.

„Wir freuen uns riesig, dass ihr gekommen seid und vielen Dank für die leckeren Geschenke. Es gibt da aber noch einen anderen Grund, weswegen wir euch sehen wollten. Es ist etwas passiert. Etwas Wichtiges, Unglaubliches. Wir haben eine

Frage an euch, an jeden von euch, die für jeden von uns sehr wichtig ist."

Herr Bömmel hatte die Spannung perfekt vorbereitet und wollte sie mit mehreren Sekunden Schweigen zum Höhepunkt kommen lassen, aber da brach es schon aus Etelka raus:

„Wir werden heiraten und wollten euch fragen, ob ihr unsere Trauzeugen sein wollt! Schau dir den Ring an Birte! Ist der nicht unglaublich?"

Birte quietschte auf, stürzte sich auf Etelka und danach zu Herrn Bömmel, umarmte sie beide und war sofort wieder bei Etelka und zerrte sie zum Fenster, damit sie den Ring dort gebührend bewundern konnte.

„Oh Gott, natürlich, gerne, oh wie wunderbar! Und der Ring! Wahnsinn! Natürlich werde ich deine Trauzeugin! Oh, du musst mir alles erzählen!"

Herr Bömmel sah belustigt den beiden Frauen hinterher, die nun auf die Terrasse gingen, um den Ring im Sonnenlicht noch besser betrachten zu können, dann sah er Max fragend an.

„Wow!" Max war noch völlig überrumpelt und sprachlos vor Überraschung und Freude. Er nickte.

Sie umarmten sich kurz, aber kräftig und sahen dann belustigt und schweigend den Frauen zu, die sich diverse Male lange umarmten, lachten, Tränchen verdrückten, erzählten.

„Wie wäre es mit einem Kaffee?", fragte Herr Bömmel.

„Ja. Unbedingt."

„Du trinkst ihn am liebsten mit ganz viel Zucker. Das habe ich mir gemerkt."

Max schluckte. Wie konnte er das einigermaßen unpeinlich für Herrn Bömmel ...

„War ein Scherz! Ich kann mir nicht mehr sehr viel Neues merken, aber die wirklich wichtigen Dinge im Leben beherrsche ich zum Glück noch."

Sie setzten sich mit dem ungezuckerten Kaffee auf die Couch und Herr Bömmel fuhr fort:

„Ich freue mich sehr für dich, dass ihr jetzt zusammen seid. Und ... hast du die körperlichen Signale irgendwann verstanden oder musste sie dich fragen?"

„Also, so genau ..."

„Habe ich mir gedacht. Ich auch nicht. Elka hat mich gefragt, als ich noch rumdruckste wie ein Teenager. Aber mit dem Heiratsantrag habe ich sie wirklich überrascht." Herr Bömmel lächelte zufrieden. „So wie die beiden da erzählen, wird Elka nachher bestimmt viel über Birtes Vorstellungen vom Ring und vom Heiratsantrag wissen. Ich kann gerne Informationen für dich einholen, wenn du Interesse hast."

„Wir sind gerade erst achtzehn geworden. Mit dem Heiratsantrag kann ich mir also wohl noch etwas Zeit lassen."

„Du willst ihn auch erst mit Ende einundsiebzig machen?"

„Warum nicht? Ihr beide seht damit sehr glücklich aus. Ich könnte mir allerdings auch Anfang einundsiebzig vorstellen."

„Könnte dann aber sein, dass sie dir zuvorkommt. Ich nehme an, dass Elka gerade auf sie einredet, sich so einen guten Fang wie dich nicht durch die Lappen gehen zu lassen. Was würdest du denn sagen, wenn sie dich heute Abend fragt, ob du sie heiraten willst?"

Max lächelte. „Ich würde ‚Ja.' sagen und sie würde strahlen und sagen: ‚Fabelhaft.' Aber Sie haben Recht, ich spiele durchaus mit dem Gedanken, sie irgendwann zu fragen und sammle schon Informationen über ihre Träume für einen Antrag. Was ihr bei anderen Anträgen gefallen hat. Bisher habe ich: Paris,

Cabrio, Musik, Gedicht, Cointreau. Bei der Auswahl des Ringes tappe ich noch völlig im Dunkeln. Da könnte ich also ein paar Insiderinformationen gebrauchen."

„Paris. Cabrio, Musik, Gedicht, Cointreau ... Wow! Bei mir war es Großburgwedel, Rollator, Hörgerätpiepsen, Zitate aus der Apothekenrundschau und Klosterfrau Melissengeist. Zum Glück hat der Ring alles rausgerissen."

...

„Schau nicht so geschockt; nur ein Scherz. Es war nach einem Besuch in der Oper in Hannover, ohne Rollator oder Hörgerät. Mein Zylinder ist beim Hinknien runtergefallen und sie musste mir hinterher aufhelfen, aber ... es war perfekt. Letztendlich zählt sowieso nur, was sie antwortet. Und da würde ich mir an deiner Stelle keine Sorgen machen. Birte wird ‚Ja.' sagen, selbst wenn alles drumherum schiefläuft. Andererseits, sollte es mit Paris und Co gelingen ... sie wird dich noch jahrelang bei allen möglichen Gelegenheiten in den Himmel loben. Das kann auch schön sein."

Birte kam zurück und setzte sich neben Max, während Herr Bömmel zu seiner Verlobten auf die Terrasse ging und ihre Hand nahm.

Auch Birte nahm Max' Hand.

„Du hast doch auch *Ja* gesagt?"

„Klar."

„Wunderbar. Was für ein herrlicher Tag. Was machen wir morgen?"

„Wir befreien Jesus in Paderborn und bringen ihn nächsten Monat als Überraschungsgast mit auf die Hochzeit."

„Fabelhaft."

PS:

Wie ich mir bei der späteren Verfilmung die Schlussszene vorstelle:

Nach „Fabelhaft." legt Birte ihre Hand wieder auf die übliche Stelle auf Max' Arm und die Musik *Valzer in A Minor* von *Roberta di Mario* beginnt, während die Kamera auf die Hand zoomt und dann die End Credits der Hauptdarsteller starten.

Wenn nach 44 Sekunden der Walzer im Lied richtig beginnt, langsamer Zoom auf eine Hochzeitsfeier, die laut einem geschmückten Bogen vor einer großen Tanzfläche Etelka und Martin begehen. Gewisse Ähnlichkeit zum Ende von *Doctor Thorne*:

Etelka tanzt mit Herrn Bömmel, Birte mit Max, Max' Mutter mit Dexter (dem Publikum bekannt aus der sehr erfolgreichen Verfilmung von „Fast zu spät"). Im Hintergrund die Mitglieder des Gospelchors und der Gemeinde, die auch am 13. Tag zum Schluss getanzt hatten.

Beim zweiten oder dritten Durchgang zur Auflockerung eine Variation von Max mit Hut und Schirm, der *Singing in The Rain* unter einer Sektdusche von Herrn Bömmel und/oder draußen vor dem Fenster im Regen performt.

Bei den ruhigen Stellen des Liedes Kameraschwenk zum Buffet, das anfangs sehr klein und übersichtlich ist, aber nun von Jesus aufgepeppt wird. Wasser verwandelt sich bei seiner Berührung in Wein, kleine Kuchenstücke in mehrstöckige Torten, aus einem kleinen Gouda-Stück werden unzählige Käse-Sticks mit Weintrauben. Kartoffelsalat, Frikadellen und Kräuterbutter erscheinen nebenbei aus dem Nichts.

Angelika steht daneben und schaut fasziniert zu, isst mit Begeisterung, deutet ab und zu auf ein Getränk, welches Jesus daraufhin verwandelt und ihr anschließend zum Probieren hinhält. Jedes Mal Verzücken.

Immer wieder fällt, ganz zufällig, etwas vom Buffet runter und wird von Jesu Bobtail verspeist, als letztes ein riesiges Stück Kräuterbutter.

Wedel, wedel.